김포에 태어나서

심수관의 뿌리 찾기

김포에
태어나서

심 재 금

하양인

이제 나를 돌아보는 나이가 되었다.

조상 대대로 김포에 살아왔고 나 또한 김포에서 태어나 지금까지 서울 살이 절반을 경험하고 돌아와 김포에 안착했다. 나는 누구이며 지금 이 시간들은 어디쯤인지. 이 김포는 나에게 어떤 곳인지, 지금 만나는 사람들이 나에게 어떤 의미가 있는지를 성찰하게 되었다.

출발은 지금 살고 있는 김포에서 내 가족의 이야기부터 출발했지만 일의 시종을 알고자 하니 저절로 조상님까지 거슬러 올라가게 되었다. 이때 심수관 가문을 만나게 되었다. 심수관 가문은 일본에서 일본 국적으로 살면서 한국 성을 고집하며 근본을 지키고자 노력한 가문이다. 17세기 서양 문물이 일본으로 쏟아져 들어오는 길목에서 옥산궁을 지어 단군을 모시고 음력 8월 15일에는 조선을 향해 제사를 모시며 뿌리를 붙잡고 있는 사람들. 세계적인 도자기 작가 집안이 된 뒤에도 고국 대한민국에서 불씨를 가져다가 그 불로 도자기를 지켜내고 있는 집안! 바로 심수관 집안이다.

그들은 1598년 정유재란 때 도공 무리 속에 휩쓸려 포로로 끌려간 심당길의 직계손으로 도자기로 명성을 얻은 12대 심수관 이후 그 이름을 습명해 오고 있다.

샤쓰마 도자기로 세계적인 명성을 얻은 후 그들은 일본에서 널리 알려지면서 대한민국은 물론 세계적으로 알려지게 되었다.

남원에서 끌려간 심당길의 자가 "찬"이라는 사료를 찾으면서 심당길의 직계조상과 그 일가의 묘가 김포 약산에 있음을 알게 되었다.

미련이 남습니다. 이 책에서는 깊이 다루지 못했지만 심당길의 삼촌 심우신 선무공신의 업적을 김포가, 후손들이, 오늘의 역사와 연결시켜 연구해 주시길 바래봅니다. 그 이유는 첫째 같은 약산에서 태어났고, 두 번째 더 중요한 사실은 한반도의 인천과 김포가 일본의 나가사끼와 가고시마와 닮았기 때문입니다.

이 책을 쓰는 데 도움을 주신 심상억 대종회 총무 이사님, 역사연구가 조민제 님과 작가 최의선 님께 감사를 드린다.

2024년 김포에서
심재금

차례

4　작가의 말

1부

**심수관의
뿌리 찾기**

1장 갈 수 있는 고향을 가진 사람은 행복하다

12　김포한강 신협 이사장이 되다

24　424년 만의 귀향

31　14대 심수관, 고향을 어이 잊으리

40　고향의 마음

45　갈 수 있는 고향을 가진 사람은 행복하다

49　당길 할아버지는 도자기와 어떤 연관이 있었을까?

70　안 오신 건가요? 못 오신 건가요?

2장 그 당시 문중

78　임진왜란의 심우신 의병장

85　임진왜란부터 병자호란까지 심씨 문중의 아들들

95　가고시마 방문 이야기

2부

**심재금의
삶, 일, 사랑**

1장 심재금의 어린 시절

112　할아버지의 슬픔

117　큰딸의 참신한 유년기

123　마음의 눈을 뜨게 해주신 선생님

128 혼돈의 계절

133 선생님이 내민 손

2장 젊은 날의 초상

140 책임을 져야 하는 스물 살

146 청춘의 덫

158 일타강사의 세계

167 사랑이 왔다

172 얼굴은 웃고, 마음은 울고

180 김포촌년이 100억을 넘보다

부록

192 훈민정음 해례본 연구에 대하여

195 김포신문 인터뷰 기사

200 지금, 여기 그리고 나

203 오늘의 승마산, 옛날에는 약산

206 여기 김포 역사 한 줄

212 북민남심(北閔南沈)

230 곡산공과의 대화

247 경인 아라뱃길

1^부

심수관의 뿌리 찾기

1장

갈 수 있는
고향을 가진 사람은
행복하다

김포한강
신협 이사장이 되다

김포한강 역대 이사장(문의공—심인보, 심재창, 도사공—심환섭)에는 독보적으로 심씨가 많았다. 내가 여자로서는 최초로 이사장이 되었을 때는 이미 문중에 대해 공부하고 있을 즈음이었다. 그리고 코로나 팬데믹 시기에 문중순례를 본격적으로 하게 되면서 김포 약산에 당길의 아버지, 할아버지의 묘소가 있고 당길이 스무 살 즈음까지 김포에 살던 일을 알게 되면서 사명감으로 이 사실을 알리고자 수없이 종회의 문을 두드리면서 많은 노력을 했다. 그리고 문중 달력위원회를 우리 조합 지역사회 사업의 일환으로 한강신협에서 모임을 갖게 되면서 위원님들을 모시고 약산을 찾아 마침내 확인을 할 수 있었다. 이 때 적극적으로 도움을 주신 분들께 감사를 드립니다.

양곡신협은 1968년 천주교의 통진성당 양곡공소에서 창립되었다.

양곡공소는 양곡신협을 잉태하거 길러낸 둥지이며, 이 시절은 3년간 이어졌다. 3년 동안 미사시간을 전후로 신협교육을 하며 토대를 넓히고 문호를 개방하여 몸집과 역량을 키운 양곡신협은 1971년에 공소시절을 마감하고 양곡시장으로 나온다. 그리고 1972년에 정식으로 창립총회를 개최하고 이를 통하여 재무부로부터 공식인가를 받기에 이른다.

지금의 우리가 잘 살 수 있는 것은 본인들의 노력도 크지만 이런 분들의 노력과 헌신이 있었음을 기억해야 한다.

양곡중고등학교에서 공부한 나로서는 인생에서 받은 혜택을 그때 다 받은 것이라 여기면서 살았다.

양곡종합고등학교에서 교사로 근무할 당시 신협 장기정 전무님이 부르셨다.

"심재금 선생님, 신협장학 위원으로 일해 주었으면 좋겠습니다."

위탁해서 장학생을 뽑는 것보다 직접 선발해서 신협의 정신을 키워 주고 싶다는 말씀을 하셨다. 그러기 위해서는 실제 시험문제를 출제할 수 있는 위원이 필요하다고 하셨다.

그렇게 해서 신협장학위원회 회의에 참석하면 모두가 어르신들로서 아버지, 아저씨뻘이 되었다. 그때 그분들은 애송이 여자가 참여했으니 더러는 하찮게 여겼을 터이지만 누구보다 용감하게 과감히 치고 나갔다. 덕분에 그때 유능한 장학생들을 많이 선발했다.

실제 그때 뽑았던 인재들이 현재 인근 신협에 이사장으로 재직하고 있으며 나와는 10년 안팎이라 선생이자, 선배요, 누나 같은 존재이다.

"일인은 만인을 위하여, 만인은 일인을 위하여!"

라는 신협의 모토 아래 자조 자립으로 키워가는 조직이 소중하고 귀하게 다가왔다.

신협 덕분에 촌에도 산학회며 여성대학이며 각종 동아리 활동으로

신협이 김포한강신도시 건설의 시민의식을 새롭게 하는 역할을 제대로 하고 있어 보람이 가득해졌다.

실제 평생학습을 처음 실시한 지자체는 김포시였고 그 김포시는 바로 김포에 산재해 있는 7개의 신협활동을 보고 아웃풋한 사업들이다.

사실 서울에 있을 때 양곡제자이자 신협직원이 찾아와 신협에 투자해줄 것을 권하여 김포한강, 양촌, 대곶, 검단 신협에 조합원이 되었었다. 그러니 장학위원이 느닷없는 일은 아니었고 자연스레 장기정 전무님께서 이사장이 되시자 나도 이사가 되었다.

그러던 중 신협 이사장 선거에서 서로 자기 캠프에서 뛰어달라고 하시기에 화합의 역할은 못할지언정 평생 대를 이어오는 관계에 쪽을 내고 싶지 않았다. 그럴 바엔 차라리 신협정신을 올바르게 구현해보고 싶다는 생각이 들었다. 평소에 부르짖는 양성평등을 위해서라도 신협이사장직에 도전해 실제로 구현해보는 게 좋겠다는 생각이 들었다. 나는 생각이 떠오르면 곧바로 실천하려는 스타일이다.

구호에서 실천으로 나아가기

이사장직을 걸고 말로만 부르짖는 구호에서 실천으로 나아가기 위하여 마을 구석구석을 돌며 현장을 익혀가기 시작했다. 첫 번째 이사장 선거에 3명의 후보자가 나왔는데 내가 꼴등을 했다.

그런데 표 차이가 100표 내외로 나타났다. 떨어졌으면서도 많은 표를 준 조합원들이 고마워 눈물이 났다. 부족한 나를 좋게 평가해주신 고향 조합원들이 감사해 떨어진 다음 날 플래카드를 만들어 거리거리에 붙였다.

"성원해주셔서 고맙습니다. 보답코자 다음에 꼭 다시 나오겠습니다!"

그 무모함, 순수함이 전달되었는지 그다음에 이사장으로 뽑혔다. 사실 검단이 인천으로 분리되기 전 김포는 신협이 8개로 50년의 역사에 여자 이사장은 없었다. 내가 이사장이 될 수 있었던 데에는 부이사장 자리를 허락해준 김태영 이사님(당시 김포노인회 수석 부회장)이 계신데 이 자리를 빌어 감사를 드린다. 김포에서 여자가 이사장이 된 건 처음인데 조직구조상 당분간은 앞으로도 여자 이사장이 나올 확률은 많지 않다.

취임사

"사랑하는 신협 가족 여러분! 그리고 내외 귀빈 여러분!

이번 2014년 2월 22일에 실시된 김포한강 이사장 선거에서 제20대 이사장으로 당선된 심재금입니다. … (중략) 한강 신협을 대표하는 이사장으로서 임하는 각오를 말씀드리겠습니다. 먼저 지금의 우리 조합이 있기까지 물심양면으로 힘써 주셨던 신협 선배님들의 깊은 뜻 잘 받들겠습니다. 그러기 위해 목표를 조합원의, 조합원에 의한, 조합원을 위한, 조합운영에 초점을 맞추겠습니다. 시대와 주변 상황에 맞물려 운영을 해야 하겠지만 한편으로는 우리 김포한강신협의 특성에 맞는 운영을 해야 한다고 생각합니다. 김포한강신협은 3개의 지점을 갖고 있기 때문에 협력과 개별적 여건도 살려야 하는 특징이 있습니다. … (중략) 조합원님들과 임원님들, 그리고 직원들의 총력을 모아 협동조합의 정체성을 살리고 서민금융기관으로써 확고한 자리매김을 함과 동시에 서민들에 대한 신협의 문턱을 더욱 낮추겠습니다. 조합의 수익구조를 개선해 나아가기 위해 요구불 예금의 적극유치와 부실채권이 발생하지 않도록 연체관리에도 만전을 기할 것을 약속드립니다."

지도자는 아는 만큼 옥석을 관리할 수 있고 방향을 제시할 수 있다. 우선 내가 보호해야 할 곳이 무엇인지 그리고 개선해야 할 것이 무엇인지를 알기 위해 방법을 찾고 교육을 받아야 한다고 생각했다. 마침 신임 이사장들 교육이 있었다. 중앙회에 나가 나름의 바른 소리를 하자 정상적인 사람인지 다들 의아해했다. 나는 내친김에 더 나아갔다.

"저희 조합에 감사를 나와 주십시오." 이 소리를 들은 우리 임직원들이 목소리를 높였다.

"아니 감사가 나올까 봐 전전긍긍 하는데 감사를 자청하다니요?"

모두들 준비가 안 되어 있어 감사를 받는 건 무리라는 쪽의 의견이 많았으나 중앙회에 나가 연이어 쓴소리를 하자 드디어 감사가 나왔다.

"감사를 철저히 해주십시오!"

감사가 이어지는 동안 직원들의 고초는 이만저만이 아니었고 신협 현 주소에 대한 파악으로 밤을 새우다시피 했다. 며칠간 감사가 진행되었다. 술을 하지 못해서 그들의 대접은 술 없는 식사로 대치되었다. 끝나는 날 감사들에게 말했다.

"감사는 철저히 하시되 공평성을 지켜주시면 감사하겠습니다!"

이 말은 다른 곳과 똑같이 해달라는 말인데 뼈가 들어 있는 말이었다. 어디는 봐주고 어디는 안 봐주는 불평등은 안 된다는 일침이기도 했다. 나의 정직과 솔직함이 통했을까? 감사는 구두로 시정사항이 몇 개 있을 뿐 큰 문제 없이 감사는 끝났다.

홀가분해졌다. 10년이 걸려도 다 보지 못할 서류를 전문가들이 다 살펴보았으니 나의 일을 그들이 대신 해준 셈이었다. 그 후로는 직원들이 맡은 업무에 자발성을 부여하고 큰 틀로만 이사장이 접근해도 되었다.

단, 판단이 안 서는 위험성이 있는 부분은 이사장에게 미리 알려 그 책임은 내가 질 수 있도록 배정하고 보니 직원들의 역량이 향상되었다.

내가 이런 기틀을 마련해 놓으면 후임 이사장은 일하기가 편하리라는 생각을 했다.

재임기간 동안 "신협 50년사"를 발간한 일은 보람이며, 긍지가 되었다.

선거 없이 연임이 결정되었을 때, 재임 취임사에서 나의 포부를 유감없이 들어냈다.

"안녕하세요? 21대 이사장으로 연임에 취임하는 심재금입니다. 오늘 저는 두려운 마음으로 김포한강신협을 한 차원 더 깊게 성찰하려 합니

만주벌판에서 한껏 뛰어보자!

다. 지난 2월 24일 50주년 행사로 많은 분들이 축하해주시며 중앙회를 비롯 전국 많은 조합에서 50년사의 발행을 치하해주시는 영광을 맛보았습니다. 한편으로는 이것이 모두가 아님을 관찰했습니다. 역사가 오래되었다는 긍지는 있지만 과거에 취해 있거나 신협정신이 약해져 있는 것은 어닌지 의구심도 들었습니다. 신협은 누가 누구를 위하여 있는 조합이 아니고 자조, 자립, 협동정신을 바탕으로 기본적 가치인 단결, 지조, 자기 책임, 민주, 평등, 공평이라는 바탕 위에 윤리적 가치인 정직, 공개, 사회적 책임, 타인에 대한 배려가 실현되어야 합니다. … (중략) 그럼 한강신협의 정체성은 어떤 것인가! 우선 김포는 백두대간의 한 줄기 한남정맥의 마지막 부분이자 한반도의 단전입니다. 한반도의 역사 변화에 이 김포지역이 시금석이 되어 변화를 가져왔고 또 가져올 것이라고 믿어 의

김포한강신용협동조합

심명보

심재창

심환섭

심재금

現 최해용

심치 않습니다. 한강은 어떻습니까? 검룡소에서 샘물이 솟아나 깨끗한 물이 이골저골 돌고 돌며 생명을 주고 온갖 오물을 정화시켜 주며 흘러 흘러 김포에 이르렀습니다. 이뿐만 아니라 임진강을 만나게 되고 강화 쪽으로 조금만 돌면 예성강을 만나게 됩니다. 이렇게 김포는 모든 생명체를 살리며 자신을 내던져 세상과 부딪치며 흘러온 물이 만나 재차 큰 바다를 다시 접하게 됩니다. 누가 누구를 깨끗하다 그렇지 못하다 지적하지 말고 서로의 인생에 최선을 다해서 살아온 사람들이 만나는 곳으로 서로를 위로하며 너그러운 마음으로 함께 새로운 세상을 향해 도전하는 곳이 한강이라고 봅니다. …(중략)……"

　　다소 긴 취임사에서 평소 나의 인생철학이랄까, 내 사랑 김포에 대한 지리적 특성까지 설파하면서 서민경제의 대표주자 신협의 나아갈 길

이사장실에서 달력위원회를 끝내고.

심우인 도사공 묘소를 참배하다.

심현섭이 조상 묘소를 참배하고 조합을 방문했다.

을 제시하면서 다짐했다. 그리고 그날 속으로 나 자신을 위로했다.

"심재금, 잘했어, 이제 너는 정말 어디에서 무엇을 하든 고향 김포를 위해서 봉사해야 해, 넌 이만하면 노후에 먹고 살 걱정은 없잖아?… 자, 지금부터야, 정신 차리고 잘해봐!"

424년 만의 귀향

2022년 7월 9일 김포시 양촌읍 학운리와 대곶면 약암리에 수많은 사람들이 운집했다.

긴 시간, 머언 공간을 넘어 가문의 뿌리를 찾아온 손님을 맞이하는 뜻깊은 행사가 열리기 때문이었다.

이날 김포를 찾은 손님은 1598년 정유재란 당시 일본군의 포로가 되어 끌려간 조선인 청송 심씨, 심당길의 후손인 15대 심수관.

그는 9일 오전 양촌읍 학운리 소재 청송 심씨 곡산공파 재실인 학운재에서 1대 심당길의 할아버지 심수의 묘를 참배한 후 이어 대곶면 약암리 소재 청송 심씨 도사공파 재실인 청심재로 이동, 이곳에 있는 아버지 심우인의 묘를 참배하고 424년 만에 귀향하게 된 이유를 고하는 고유제를 봉행했다.

15대 심수관은 일본 직계조상 심당길의 아버지 심우인의 무덤에 솟은 잡초를 뽑는 등 묘를 참배하고 일본 심수관 1세조 심당길 할아버지의 묘에 뿌려 드릴 흙을 가져갈 항아리에 정성껏 담았다. 조상이 뛰어놀

던 고향 땅에서, 아버지 고향의 흙을 가져간다는 일은 시간과 공간을 뛰어넘는 아름다운 만남이어서 보는 이들을 뭉클하게 해주면서 숙연해지고 옷깃을 여미게 했다.

15대 심수관은 눈물을 흘리면서 말했다.

"오늘 이곳을 찾은 사람은 나지만 당길 할아버지가 돌아오신 것과 같습니다. 여기 계신 우인 조상님께서 일본으로 끌려간 아들이 얼마나 보고 싶었을지, 또 4백 년도 더 지나 아들의 후손이 이렇게 찾아왔으니 얼마나 기뻐하실지 감히 상상할 수는 없지만 이제라도 찾아 뵙고 귀향의 이유를 고할 수 있게 해주신 문중 여러분께 진심으로 감사를 드립니다."

묘소 참배 후 인근 청심재에서 조상에게 뒤늦은 귀향의 이유를 고하는 고유제와 15대 심수관의 귀향을 반기는 환영회가 진행되었다.

약산의 구름도 고유제를 지켜보듯이 낮게 드리워 있고, 나는 마음 속으로 "그럼에도 고맙고 고맙습니다."를 수없이 되뇌었다.

진작 찾을 수도 있었지만 조선을 넘어, 일본을 넘어, 이념을 넘어, 수백 년의 세월을 넘은 사연의 의미를 누가 알랴.

15대 심수관이 조상님께 고하는 목소리가 청심재를 넘어 약산 아래로 퍼져나가 잠들어 계신 조상님들을 깨웠다.

"임인년 7월 9일, 선대들이 일본에서 살아온 지 424년 만에 15대 수관은 본향인 이곳 경기도 김포의 약산을 찾아 직계조상인 도사공 우인 할아버지의 묘 앞에 엎드려 삼가 향을 피우고 맑은 술을 올리며 선조님들 영전에 귀향을 아뢰옵니다. 돌이켜보건대 1592년 임진년과 1597년 정유년에 벌어진 일본의 조선 침략은 백성들에게 커다란 피해를 입혔습니다. 도사공 할아버지의 아들인 찬 할아버지 아명 당길 할아버지도 1598년 음력 8월 전라도 남원성에서 왜장 시마즈 요시히로 군에게 붙잡혀 일본의 사쓰마 지방, 지금의 가고시마로 끌려가셨습니다.

당길 할아버지가 일본으로 끌려간 지 424년이나 지난 지금 저 15대 심수관은 할아버지가 꿈속에서도 잊지 못하고 그리워했을 도사공 부모님 묘 앞에 이렇게 서 있습니다. 지금은 제가 꿈을 꾸고 있는 듯합니다. 뿌리를 찾았다고는 해도 피눈물을 가슴에 묻고 일본생활을 시작했을 당길 할아버지와 마찬가지로 소식 없는 아들 때문에 역시 피눈물을 흘렸을 도사공 부모님 묘소가 지금처럼 눈앞에 없었더라면 그 감격은 반감되었을 것입니다. 오늘 이곳에 와보니 4백 년 넘게 조상의 묘를 정성껏 관리해 오신 청송 심씨 일가 분들의 노고에 저절로 고개를 숙이게 됩니다.

일본에 온 저의 조상은 400년 동안 대를 이어가며 묵묵히 도공의 길을 걸어왔습니다. 천리만리 떨어진 낯설고 물선 이국땅에서 도공의 길을 걷는다는 것은 파도 앞에서 둑을 쌓고 폭설 속에서 길을 뚫으며, 비바람 속에서 집을 짓는 것처럼 외롭고 힘든 일이었습니다.

그런 역경 속에서도 조상들은 역경을 예술로 승화시켜 심수관가는 이제 "사쓰마야키"라고 하는 일본을 넘어 세계가 인정하는 명품 도자기를 만드는 도예명가로 우뚝 섰다는 사실을 삼가 아뢰는 바입니다. 또 400여 년 전 일본으로 끌려온 조선인 가문 중에서 지금까지 한국성을 쓰고 있는 집안은 오로지 심수관가밖에 없다는 사실도 함께 아뢰는 바입니다. (중략)

선조님이시여!

먼 시간을 돌고 돌아, 먼 길을 돌고 돌아, 이곳 김포 약산의 조상님들 앞에 처음으로 선 15대 심수관의 귀향을 반겨주시고 심수관가의 앞길도 굽어 살피소서.

제 후손들도 대대손손 청송 심씨의 자랑스러운 일원으로 살아갈 수 있도록 보우하소서. 15대 수관이 맑은 술과 포, 그리고 과일을 공손히 차려 올리오니 부디 흠향하소서.

임인년 7월 9일.

15대 수관과 청송 심씨 도사공파, 곡산공파, 수찬공파, 종원 일동은 삼가 위와 같이 아뢰옵니다....."

'사쓰마야키'를 일으킨 심당길

익히 알려진 대로 심수관가는 도자기의 명가로 심수관 가문은 정유재란 당시 일본에 끌려간 후 조선식 가마를 만들어 도자기를 생산하는 '사쓰마야키'를 일으킨 심당길을 시조로 하고 있다. 심당길의 12대손이며 1대 심수관은 사쓰마야키의 총수로서 일본을 넘어 세계적인 도자기를 제작, 이후 '사쓰마'는 일본 도기의 대명사가 됐고 그 후 심수관의 이름은 대대로 습명되고 있다.

초대 심수관인 심당길은 정유재란이 발발한 이듬해인 1598년 음력 8월 왜장 시마즈 요시히로 군위 포로가 되어 일본 가고시마로 끌려갔다. 이때 심당길은 포로가 되어 끌려간 것이 조상에게 죄스럽다며 '찬'이라는 이름을 버리고 아명인 '당길'이라는 이름으로 평생을 살면서도 후손에게 자신의 字(찬)을 남몰래 알려 주었던 것이다.

내자시의 건신도위로 분조활동을 하는 광해군과 함께 선조가 쓰실 도자기를 구하러 전라도 남원성으로 갔다가 심당길의 할아버지 곡산공은 1580(경진년) 돌아가시고 바로 일본으로 잡혀갔을 때 밑동생 숙은 태어났으니 당길이 심숙의 바로 위의 형이었음을 고려할 때 당길의 당시 나이는 20대였을 것으로 추정된다.

12대 심수관

13대 심수관

14대 심수관

14대 심수관,
고향을 어이 잊으리

"낮은 능선 위로 하늘은 활짝 트이고, 그 밑에 바다가 숨어 있는지 일대는 온통 바닷물의 반사로 눈이 부셨다. 길은 화신재 때문인지 바랜 것처럼 하얗고 나무란 나무는 일부러 그린 것처럼 엷은 연녹색을 띠고 있다. 틀림없는 조선의 산하였다."

이 대목은 일본작가 시바 료타로가 14대 심수관을 모델로 한 소설 『고향을 어찌 잊으리』(1969년)에서 미야마 마을을 묘사한 대목이다. 야트막한 산으로 둘러싸인 미야마는 아늑한 느낌을 주는 작은 마을이지만 세계적으로 유명한 사쓰마야키의 본고장이다.

시바 료타로가 심수관을 모델로 소설을 쓰게 된 동기는 그가 당시 외무대신인 도고 시게노리(조선도공 박평의 13대 후손 박무덕)를 취재하려 왔다가 조선도공 후손들의 애환을 듣게 되면서이다. 그러자 작가는 조선도공의 이야기를 쓰기 위해 그 마을의 도자기 명인 심수관과 인터뷰를 하게 되었다. 그의 이야기에 감동을 느낀 시바 료타로는 그의 삶을 실화소설로 발표해 큰 반향을 일으켰다.

이 소설에는 14대 심수관이 어린 시절에서는 일본사회에서 받은 핍박과 엄한 부모의 교육이 생생하게 그려지고 있다.

소설 속의 심수관을 잠시 만나본다

"기차역에서 2킬로미터쯤 떨어진 가고시마 중학교 1학년 때다. 일본인 학생들이 일본 성을 갖지 않은 심수관을 발견하고 교실에 들이닥쳤다. 일본성을 갖지 않았다는 이유로 정신을 차리게 하겠다며 10여 명이 그를 교실 밖으로 불러내 옥상으로 끌고 올라갔다. 쓰러진 심수관의 머리를 때리고 발로 차 그대로 기절했다. 교복이 온통 피로 물들었다. 코피를 흘리며 가까스로 눈을 떴다.

그날 하굣길에서 소년은 깜짝 놀랐다. 집 근처 가까이에 부모님이 서 있는 게 아닌가. 그의 양친은 소년에겐 신과 같은 존재였다. 부모님은 이런 일을 예상하고 있엇던 것일까. 말없이 머리를 끄덕이며 아버지(13대 심수관)는 소년의 어깨에 손을 얹고 흙을 털어주며 대문 안으로 들어갔다.

소년은 소리 내지 않았으나 눈물이 한없이 흘렀다. 어머니가 상처 난 얼굴에 약을 발라 주려 했으나 고개를 저었다. 혼자 우물에 가서 얼굴을 닦았다. 눈물을 흘리지 않으려고 했다. 그때 아버지가 등 뒤에 서 있다가 아들에게 손수건을 건네주었다. 소년은 아버지가 묻는 대로 사정을 얘기하고 그때마다 눈물이 나와 다시 얼굴을 닦았다. 아버지는 "알았다, 알았다." 몇 차례 고개를 끄떡였다.

아버지는 말이 별로 없는 사람으로 평소 말하는 것을 보기 어려웠으나 이날은 아버지 자신도 아들처럼 예전 가고시마 중학에 입학한 그날 똑같은 일을 당했다고 말했다. 그리고 오늘을 염려했는데 그런 아버지의 생각은 적중했던 것이다.

소년은 결심했다. 더 이상 이런 학교에 가지 않겠다고, 집에서 배우겠다고 아버지한테 말했다. 그러자 13대 아버지는 12대 심수관 아버지에게서 들은 똑같은 말을 소년에게 했다. "너의 근성은 싸워서 이기는 것이 되어야 한다. 다시 들어라. 너의 피에는 조선 민족의 피가 흐르고 있다. 다시 들어라, 1등이 되어야 한다. 싸움도 1등을 해라. 공부도 1등을 해라. 그렇게 하면 사람들은 다른 눈으로 너를 본다." 소년은 이날 일을 일기로 썼다.

그 후로는 매일 학교의 공터 어딘가에서 소년은 다른 학생들과 싸웠다. 때로는 소년이 감당하기 어려울 정도로 싸움을 잘하는 상대를 만나기도 했으나 그때마다 "죽는다고 스스로에게 다짐하며 어깨가 부서질 정도로 싸움에 나섰다. 때론 상대방을 기절시키기도 했다."

사쓰마야키는 일본 도자기의 대명사

1999년 39세에 15대 심수관이 된 그가 자신의 뿌리를 알게 된 건 윤석열 대통령 취임식이 계기가 됐다. 도자기 명인과 가고시마 대한민국 총영사 자격으로 취임식에 초청되었을 때, 당시 심상억 문화이사가 이 사실을 심대평 대종회장에게 알리고 이어 곡산공 회장인 심재갑을 불러 심당길 아버지 심우인과 할아버지인 청송 심씨 10세조 곡산공 심수의 묘가 김포에 있다는 것을 알려줬던 것이다.

이때, 심수관 가문이 그런 차별대우를 받으면서도 사쓰마를 세계적인 도자기로 성공시킨 근원에는 이런 저항과 조선의 자존심이 있었다.

심수관가가 빚어온 사쓰마야키는 일본 도자기의 대명사가 됐다. 가고시마현 전통의 유리세공을 배워 투명감을 낳는 새로운 기법도 조선 뿌리를 지키는 자존감과 저력으로 탄생된 것이다.

13대 심수관 아버지는 1964년 세상을 뜨면서 14대 아들에게 유언을 했다.

"1998년이면 이곳에 온 지 4백 년이다. 그때를 잘 부탁한다."

14대 심수관은 고향을 어찌 잊으리의 소설 주인공이 되면서 유명해졌고 1989년에는 한국으로부터 가고시마 명예총영사라는 타이틀을 갖게 되었다.

400년이 되는 1998년은 심수관가에게 특히 행운을 갖다주었다.

그해 김대중 대통령과 일본 오부치 총리가 '21세기 한·일파트너십'을 선언한 것이다.

그 선언 후 한·일 교류사업으로 사쓰마야키 400년 축제가 열리게 되었다.

아버지의 유언을 받들어 1998년을 어떻게 의미 있게 보내는 문제를 고심하던 14대 심수관은 400년 축제에 고향 남원에서 불을 갖고 오는 행사를 열기로 했다.

4백 년 전 포로가 되어 일본에서 처음 도자기를 구울 때는 흙, 유약, 기술은 모두 조선의 것이고 불만 일본 것이었다. 그래서 최초로 구워낸 도자기를 '히바카리 찻잔'으로 부르고 있는데 히바카리는 '불만 일본 것'이라는 의미이다.

그러므로 4백 년 되는 해에는 반대로 일본의 흙, 일본의 유약, 일본의 기술로 만든 그릇을 한국의 불로 구워보는 것은 의미가 클 것이었다.

14대 심수관은 고향에서 불씨를 갖고 오는 행사에서 곧 15대 심수관 타이틀을 물려줄 아들에게 한국에 가는 사자(使者)의 임무를 주었다.

불씨는 남원의 성스러운 산으로 불리는 '교룡산'에서 채화되었다. 그것을 도기 화로에 담고 유교의식을 치른 뒤 불을 담은 화로는 남원을 떠날 채비를 했다.

그때 집안의 부엌에서 옛날부터 불씨를 간직해오던 한 아주머니가 그 불씨를 들고 달려왔다.

"이 불씨를 가져가세요. "

도공 조상이 붙잡혀갈 때부터 켜져 있었다고 믿은 아주머니의 그 불씨 선물은 또 하나의 이벤트였다. 육로는 부산까지 흰 경찰 오토바이가 선도해서 달렸다.

신호는 모두 푸른색, 휴게소에는 많은 깃발이 나부끼고 그곳의 시민들은 종과 북을 치면서 환영해주었다.

드디어 부산에 도착하니 하얀 제복을 입은 부산 해양대 학생들이 도열해서 경건하게 맞아주었다. 불씨는 그들의 경례를 받으며 연습선(?) '한나라호'에 화로를 싣고 가고시마까지 운반해주었다. 해양대생들의 연습선은 항해실습으로 필리핀으로 가게 되었으나 코스를 일본 주변으로 바꾸고 불을 운반해주기로 한 것이다.

현해탄을 군선으로 건너는 것은 힘든 일이었다.

배는 위아래로, 좌우로 흔들리고 또 흔들렸다. 불씨 운반을 책임 맡은 14대 심수관 아들은 겁에 질려서 괜찮겠느냐는 말을 계속 했다.

'지금, 제주도와 오도의 하나인 복강도 사이에 있는데 이곳이 가장 흔들리는 곳인데 고기압이 밀려와서 평소보다 심하게 흔들리고 있지만 괜찮다고 했다.

채화할 때부터 시종 여러 방송 매체와 신문사에서 취재를 해주어 불 운반은 널리 알려져 가고시마는 성스러운 불이 도착하기를 기다리게 됐다.

현해탄의 거친 바다를 건너 불일행은 가와우치항에 입항했을 때 마을 공무원이 부둣가에서 일행을 기다리다가 배가 도착하자,

"지금 일본이 들썩거리고 있어요."라고 소리를 질렀으므로 일본이 한국의 불씨를 반가워하고 있다는 것을 알게 되었다.

마침내 한국의 불이 일본에 도착했다.

우레와 같은 박수 소리 속에서 불은 일본 땅을 밟았으니 4백 년 전 초라하고 슬픈 포로 모습과는 대조적이었다.

그 불꽃은 지금도 계속 불타고 있으면서 도자기 가마의 불을 지펴주고 있다.

한·일 간의 문화교류

14대 심수관(심혜길)은 그 불로 구운 찻잔을 오부치 총리에게 선물했다.

그리고 얼마 후 오부치 총리가 14대 심수관에게 전화를 걸어와 그 찻잔을 미국을 방문할 때 미국 클린턴 대통령에게 선물로 주고 싶으니 허락해주면 좋겠다는 요청이 있었다. 그런 연유로 그때 처음 한국 불로 구운 찻잔은 미국 대통령실에 간직되고 있을 것이다.

그 축제는 대성공이었다.

그는 아버지의 유지를 받들기 위해 좋아하던 소주를 끊고 미야마 마

을의 전폭적인 협조 아래 한·일 간의 역사적인 문화행사를 완벽하게 해 낸 것이다.

그 행사가 끝나고 14대 심수관은 아들에게 15대 심수관이라는 이름을 넘겨주고 집안의 대표권을 넘겨주었다.

그때 15대 심수관의 나이는 39세로 이후 한·일 간의 문화교류는 더욱 활발해졌지만 그들의 진짜 고향은 여전히 베일에 숨어 있었다.

그해 7월, 14대 심수관은 동아일보사 초청으로 귀향 전시회를 가졌다.

단 한번도 가고시마를 벗어난 적이 없었던 수장고의 도자기들이 광화문 일민미술관에서 "400년 만의 귀향-일본 속에 꽃피운 심수관가의 도예전"에서 고향 사람들에게 선을 보였다.

이 전시회는 5주간 이어졌고 5만여 명이 관람하며 성황을 이루었으니 1970년 오사카 만국박람회에서 국내외에 소개된 이후 두 번째며 한국에는 첫 나들이였다.

그는 1989년 가고시마 명예 총영사가 된 이후 한·일문화 교류에 힘쓰고 1998년 4백 주년 행사를 잘 치른 공로가 인정되어 1999년 한국정부로부터 은관문화훈장을 받았다.

그는 1999년 아들에게 심수관가의 대표를 물려준 이후도 가장 독특하고 화려한 도자기를 만들어내는 장인으로 살았다.

그는 2019년 6월 16일 향년 92세로 별세해 가장 화려했던 자신의 세대를 마무리했다.

나의 뿌리를 알게 되다
심수관이 집안의 대를 이어온 직계조상의 이름이 '찬'이었다는 진실을 밝힘으로써 이심전심 심수관의 족보는 급물살을 타고 7월 9일 문화재청 초청 방한 때 김포에 있는 청송 심씨 선조들의 묘소를 참배하겠다는 약속으로 고유제를 지낼 수 있었다.

이렇게 되기까지 내가 김포한강신협 이사장이었던 것이 큰 역할을 해주었다.

신협에서는 이보다 1년 전 대종회 달력위원회모임이 있었고 그날 도사공 묘소 참배가 중요한 계기가 되었던 것이다.

내가 애타게 부르짖던 일이 이렇게 이루어지는 일에 어떤 섭리를 느꼈다.

봄을 이기는 겨울이 없는 이치일 것이다.

"저는 분명히 일본 사람입니다. 그런데 피는 한국 사람입니다."

15대 심수관은 여러 가지로 어깨가 무거워졌다.

심수관가의 도요지를 지키는 일은 물론 대외적으로 해야 하는 일이 많아졌고 청송 심씨 문중으로서 한국에서 해야 할 일도 늘어났다고 할 것이다.

다행히 그는 일찍이 이탈리아에서 공부한 유학파이고 서른 살에 경기 여주 김일만 토기공장에서 1년간 연수를 한 경력이 있어 한국이 낯설지 않을 뿐만 아니라 그 후에도 남원에 지어진 심수관 도예관, 2013년 개관한 청송 심수관 도예박물관에도 다녀가는 등 이미 조상의 나라 한국과는 밀접한 관계를 유지하고 있었다.

그는 어느 인터뷰에서 여주 시절의 고민에 대해 이렇게 말했다.

"서른 살쯤에 김칫독 만드는 걸 배우러 경기도 여주에 갔습니다. 가자마자 어떤 분이 저에게 '4백 년 된 일본의 때를 벗겨내고 한국의 혼을 품으라'고 하시더군요. 일본에서는 조선의 성(청송 심씨)을 쓴다고 '조센징'으로 불렀는데 한국에선 제가 나고 자란 일본을 부정하라니 이걸 어쩌나요? 우리(심수관가)는 그렇게 살아왔습니다. 아직도 많은 분이 저에게 한국 사람이냐고 묻습니다. 그러면 이렇게 답하지요. "아니요, 저는 분명히 일본 사람입니다. 그런데 피는 한국 사람입니다."라고요."

심수관가의 사람들은 언제나 한·일의 중간에 끼어 있었다.

예술적 관점에서는 존경을 받아왔지만 한국에서의 입장은 모호한 점이 많았다. 그들의 고향이 어디인지도 분명치 않은 채였으므로 때로는 공경을 받았고 때로는 멸시를 받았다.

칼과 창을 도자기 빚는 흙으로 바꾸고 새로운 환경에 적응하면서 보다 아름다운 것을 만들려 노력해왔지만 그들은 여전히 조센징으로 불리우고, 한국에서는 일본 때를 벗겨내라는 말을 듣는 이중적인 잣대 속에서 살아왔다.

그의 책상 뒤에는 이런 좌우명이 쓰여 있다.

"어제는 동산에 있었고 오늘은 자리에 있지 않으며, 내일은 다른 곳에 간다."

4백여 년 이산을 타국에서 유랑하고 있는 조상의 심정을 그린 것이라 할 수 있겠다.

고향의 마음

15대 심수관은 고유제를 지내는 동안 눈물을 감추지 못했다.

또한 심씨 문중 사람들, 고향 사람들의 따뜻한 환대에 감동하고 있었다. 그뿐인가. 한국과 일본 언론인들의 열띤 취재는 뜨거웠다.

김포의 약산 아래 학운리와 약암리에 이렇게 많은 심씨 문중 사람이 모인 적이 있었을까?

긴 시간, 머언 공간을 뛰어넘어 찾아온 이 손님은 무슨 사연을 안고 있을까.

그동안의 나의 여정, 심씨 문중 족보와 묘를 찾아다니면서 문중을 알려고 했던 일이 어떤 조상의 보살핌은 아니었을까, 하는 생각이 들었다.

도사공 심우인 조상님은 오늘을 얼마나 기다리셨을까?

셋째 형님 우신 삼촌을 따라 나라를 지키겠다고 전라도 땅으로 싸우러 간 둘째 형님(훈도공)우현의 두 아들(인, 훈)인 조카들도 떠오르며 더욱이 생사가 감감해진 채 돌아오지 않던 내 아들(찬)이 몇백 년이 지나서 훌륭한 후손을 보내 절을 올리며 그간의 사연을 아뢰어주니 우인 할아버지 역시 눈물을 흘리실 것만 같았다.

고유제에서 15대 심수관이 말했던 대로 이곳을 찾은 것은 나지만 당길 할아버지가 찾아온 것이니 영혼이나마 우인조상과 당길부자가 만났을 것이었다.

우인 조상님은 시공간을 뛰어넘어 그 아들을 만나고 "고생했구나, 그래도 잘 살아주고 김포 약산 네 고향을 제대로 찾아와서 고맙구나"

그렇게 당길 아들에게 말할 것만 같았다.

마음속에 고향은 언제나 그 자리에 있다.

그리고 언제나 따뜻하게 느껴진다.

그래서 사람들은 고향을 떠났다가도 다시 찾아든다.

그러나 이런 저런 사정으로 올 수 없었던 심당길, 그리고 후손들은 서러웠을 것이다.

조상님을 참배하고 고유제를 지낸 후 그가 말했다.

"저희들은 심당길 할아버지께서 조선인임을 잊지 말라고 이르신 유지를 대대로 받들어 지금까지 심씨 성을 가지고 도자기를 만들어왔습니다. 또한 조상들은 너희들은 외로움을 느끼지 마라, 너희들 뒤에는 조선(대한민국)이 있다고 이르셨습니다. 그러므로 심수관가는 424년 동안 단 한번도 심씨 가문의 명예에 누를 끼친 일을 하지 않았습니다. 이렇게 고향과 조상님을 찾았으니 더욱 한국과 일본의 친선에 가교가 되는 예술가가 되도록 더욱 노력하겠습니다."

이날 심대평 대종회장은 축사에서 이렇게 말씀했다.

"고유제문에서 밝혔듯이 심수관 가문은 전쟁포로라는 신분으로 일본생활을 시작했으나 척박한 환경에도 굴하지 않고 청송 심씨라는 성도 버리지 않으면서 400년 이상 오로지 도자기 외길을 걸어 이제는 세계적 명가의 반열에 우뚝 섰습니다. 15대 심수관 선생님! 그동안 고생 많으셨습니다. 초대부터 오늘날에 이르기까지 심수관 가문이 겪었을 고난에 깊이 공감하며 그 고난을 극복하고 이룩한 빛나는 성취에 경의를 표합니다. 앞으로 30만 청송 심문이 심수관 가문의 높은 정신을 이어 가도록 노력하겠습니다."

15대 심수관

김포를 방문한 15대 심수관(본명, 심일휘)은 1959년 일본 가고시마현에서 태어났다. 그는 와세다 대학교를 졸업한 후 교토 부립 도공고등기술전문학교와 이탈리아 국립미술관 도예학교를 졸업하고 1999년에 제15대 심수관을 습명했다. 지난 2021년 일본 유일의 명예총영사인 대한민국 주 가고시마 명예총영사로 한·일문화 교류에 힘쓰고 있다.

그는 고향이 김포 약암리라는 것을 모를 때인 삼십 대에 경기도 여주, 김칫독 만드는 공방에서 독 항아리를 굽는 공부를 하고 가는 등 그동안의 후예들과는 다른 행보를 보였었다.

그는 그 당시를 이렇게 회상했다.

"가자마자 어떤 분이 저에게 400년 된 일본 때를 벗겨내고 한국의 혼을 품어라고 하셨어요. 일본에서는 조선의 성(청송 심씨)을 쓴다고 조센징으로 불렸는데 한국에선 제가 나고 자란 일본을 부정하라고 하니 이

걸 어쩌나요? 우리(심수관가)는 그렇게 살아왔습니다. 아직도 많은 사람이 저에게 한국 사람이냐고 묻습니다. 그러면 저는 이렇게 답하지요. 저는 분명히 일본 사람입니다. 그런데 피는 한국 사람입니다...”

이날 대종회에서는 그가 고한 고유제의 전문을 한국어와 일본어로 된 두 가지 종류의 병풍을 만들어 선물해주었다.

우리종회 심재섭 회장님께는 언론에 소개되었던 기념패를, 또 심재성 총무 (도사공파 총무이사)는 '1만 개의 가지가 있어도 뿌리는 하나'라는 뜻의 만지일근(萬枝一根)이 적힌 목판을 선물했다. 심재금은 심당길가의 족보를 한눈에 볼수 있도록 만든 수직, 수평 족보와 일본의 후손들이 끊어지지 않고 오래오래 고향을 찾으면서 왕래하자는 뜻을 담은 김포국수를 선물했다.

그리고 그에게 귀엣말을 했다.

“이 족보에 세 가지를 풀어내셔야 하는 숙제가 있어요. 심씨 족보를 잘 살펴보시면 이 숙제는 쉽게 풀 수가 있습니다....”

한눈에 볼 수 있도록 정리된 그 수직, 수평 족보에는 우리 심씨 문중의 첫 시조인 고려 충렬왕 때의 심홍부를 시작으로 5세 심온, 심온의 둘째 아들, 심회, 김포에 세거하게 된 9대 심달원, 황해도 곡산군수를 역임한 심달원의 아들 곡산공파 파조 심수, 그리고 심수의 아들 우성, 우현, 우신, 우관 우인 등 5형제를 나란히 적었으므로 일본에 있는 당길 후손들은 자신들의 직계족보를 한눈에 볼 수 있게 만든 것으로 일종의 가계도라 할 수도 있는 족보였다.

심수의 셋째 아들 우신은 의병장으로 진주성에서 전사했고 이때 우인의 둘째 아들인 찬(당길)이 건신도위로 광해군의 분조활동을 돕다가 남원성에서 도공들과 함께 일본으로 끌려가게 된 것이다.

이 한눈에 볼 수 있는 수직, 수평 족보에서 시조 홍부의 동생인 2대 (연, 성)과 3대 (룡)을 빼고 또 우인의 다섯 아들인 후하, 찬 숙, 합, 약 등 5형제 중에 첫째인 후하를 일부러 빼놓았다.

대종회 족보와 내가 만든 수직, 수평 족보를 보면 금방 풀 수 있는 문제였다.

그리고 15대 심수관에게 돌아가 수직, 수평 족보에서 빠진 세 곳을 찾아보라는 숙제를 내주었던 것이다.

한편으로는 문중에서 나를 불러 질책하실 걸로 기대했다.

검증받지 않은 일이라고. 그러면 족보에 오류된 부분을 말씀드리고 싶었었다.

문중 족보와 수직, 수평 족보를 꼼꼼하게 살펴봐달라는 의미가 들어 있는 나 나름의 당부와 염원을 담아 일부러 세 곳을 비우고 만든 족보를 선물한 것이다.

갈 수 있는 고향을
가진 사람은 행복하다

잘 되는 일은 편안하게 잘 되고 안 되는 일은 힘 빠지게 애써도 잘 되지 않는다.

심수관 가문의 고향은 때가 온 듯했다.

그동안 심수관 가문의 고향이 김포라고 알리고자 대종회 청송 심씨 크고 작은 모임에 나가 애써도 잘 되지 않던 일이 순조롭게 풀려갔다.

2021년 문재인 대통령 때 아버지 14대 심수관에 이어 15대 심수관이 대한민국 명예총영사에 임명되었는데 2022년 윤석열 대통령이 5월 10일 대통령 취임식에 15대 심수관이 초청되었다.

그러자 청송 심씨 대종회는 물론 김포의 곡산공파, 도사공 문중의 사람들은 바빠졌다.

심수관의 참배에 따른 고유제를 지내기로 결정하였기에 그 준비를 해야 했다.

그동안에도 내가 나서는 걸 극히 싫어했던 분들을 위해 이제 나는 뒤로 물러나야 했다.

심수관에게 어떤 선물을 할까 고심하다가 일본 심수관 일가가 한눈에 볼 수 있는 족보를 만들어 선물로 주려고 마음먹고 그 작업을 했다.

그동안 대종회가 만든 족보를 꼼꼼히 찾아보고 심수관가와 관련된 사적을 찾아왔던 터라 수직, 수평 족보를 만드는 일은 그다지 어렵지는 않았고 도표는 그런 일의 전문가(조민제 전문위원).의 도움을 받아 제작했다.

많은 의구심을 접기로 했다.

사실 그동안의 행로로 보면 심수관가의 고향, 조상 묘를 찾아주는 일에 관련해 기회는 여러 번 있었다.

'청송 심씨'를 424년째 계승한 심수관 가문

1868년 메이지 유신과 1910년 일제의 조선 강제병합 이후 많은 조선 도공의 후손들이 일본 성으로 바꿨으나 심수관 가문은 조선에 뿌리를 둔 '청송 심씨'를 424년째 계승하면서 활동해왔다. 특히 가업을 빛낸 12대 심수관의 업적을 기려 전대의 이름을 그대로 따르는 습명, 관습에 따라 본명 대신 심수관 이름을 사용하고 있다.

14대 심수관은 사쓰마 도기를 통해 한·일문화 교류에도 기여했다. 1989년 한국정부로부터 명예총영사로 임명되었고 1999년은 관문화훈장을 수여받았으며 2008년에는 남원 명예시민이 됐다. 또 2004년 가고시마현 이부스키에서 열린 한·일정상회담이 열렸을 당시 노무현 대통령이 심수관 묘를 방문했다.

또 한국에선 1998년 심당길이 일본에 끌려간 지 400년 되는 해를 기념해 전북 남원에서 '심수관 400년 귀향제'가 열렸다. 그때 대한민국의 불을 가져가 지금도 그 불로 그릇을 굽고 있다. 그 후 서울에선 14대 심수관 작품 전시회가 개최되기도 했다.

고향을 그리워하면서 가문을 지킨 심수관 후손들에게 고향을 찾게 해준 것은 하늘의 뜻일 터였다. 그저 도구였을 뿐이니 자랑할 이유가 없었다. 심수관 가문이 고향을 찾았다는 사실이 중요한 것이지 누가 찾아준 것은 중요하지 않다.

다시 고향을 찾기 위해

공부하기 위해 고향을 떠난 일 외에 부득이한 일로 고향을 떠났었다. 그 시기에 잘되어서 다시 고향을 찾기 위해 참으로 열심히 살았다. 그 결과로 강남의 일타강사가 되었고 노후대책이 되었다는 자신이 들었을 때 당당히 고향을 찾았다. 금의환향은 아니었지만 그럼에도 나이 들어서는 고향에 살면서 고향을 위해 일하고자 고향을 찾아들었다. 수구초심이다. 심수관 후손들 역시 마찬가지일 것이다.

그들은 핍박을 받으면서도 단군신전을 지어 참배하면서 고향의 전통을 지키며 살았다. 그리고 세계적으로 유명해져서 세계에 '심씨' 성을 알렸다. 그러는 동안 고향은 그들에게 무엇을 해주었는가?

불현듯 그들에게 미안하다는 생각이 들면서 이제라도 그들에게 위로가 되어 줘야 한다는 생각이 들었다. 나 혼자는 할 수 없는 일이다.

그 일은 우리 모두, 청송 심씨 문중, 그리고 문중 사람들이 해주어야 한다.

갈 수 있는 고향을 가진 사람은 행복하다. 북쪽에 고향이 있는 월남인들은 고향을 알면서도 갈 수 없다. 그래서 명절이면 임진강가에서 고향 쪽을 향해 절을 올리면서 고향을 그리워한다. 그런 사람들에 비하면 심수관가는 올 수 있는 고향을 찾고 또 마음만 먹으면 올 수 있어 다행이다.

그들의 고향, 김포는 그들을 위해 어떻게 해야 하는가?

불현듯 나의 나머지 삶은 그 일을 위해 힘써야 할 것이란 생각이 스쳤다.

그 당시 끌려갔던 무수한 포로들의 영령을 위해서라도 불평보다 감사를 그리고 문중 차원의 조상님들도 당연하겠지만 그간 이름 모를 이 땅의 선조님들께 감사드린다.

당길 할아버지는
도자기와 어떤 연관이 있었을까?

심찬(당길)은 우인 아버지가 낳은 5형제, 후하, 찬, 숙, 합, 약등과 함께 김포 약암리에서 할머니 죽산 박씨, 큰 할머니 전의 이씨를 모시고 수무 살이 될 때까지 살았을 것으로 추측된다.

그의 어머니이신 진주 하씨는 1594년 42세로 돌아가셨고 초취도 이미 돌아가셨으며 서손의 아들이 한 명이 있었다고 한다.

그리고 임진왜란이 일어나고 심우신 삼촌이 의병장으로 장성에서 사병을 모집하여 훈련시킬 때 사촌들인 (인, 훈)은 광주로 남원으로 따라가면서 김포 약암리를 떠났다.

그때 심찬이 의병이라면 당연히 그들과 함께 갔을 터인데 왜 같이 가지 않았을까?

이 의문을 풀고자 당시의 많은 자료를 찾았다.

'심찬이 의병이었을까? 아니면 도공이었을까?'

그는 도자기와 어떤 연관이 있어 남원에서 도공들과 함께 했을까?

어떤 연유로 남원에서 도공들과 함께 일본으로 끌려갔는지에 대한

답은 한참 후에 조금씩 풀리기 시작했다.

찬은 당시 진주성으로 갈 때 사촌들인 (인, 훈)은 광주로, 남원으로 따라가면서 김포 약암리를 떠났다. 그리고 삼촌이자 선무공신이던 심우신 의병장은 진주성에서 전사했다.

임진왜란 때 조선군은 진주성에서 3천8백 명으로도 2만에 달하는 일본군의 공격을 버텨냈다.

그러나 정유재란 때(1597) 남원성의 전투는 조선으로서는 너무나 열세였다. 일본군은 작정하고 남원성을 탈환하려고 5만 6천 명이 들이닥쳤다. 이때 남원성의 조선 쪽 병력은 우리군 1천 명, 명나라 군 3천 명, 그리고 시민 7천 명이 전부였다.

그 당시 일본군 중에서도 시마즈 군은 정예군으로 조선에서 육상전에서는 무패를 자랑하고 있었는데 그들이 1만 1천 명이 있는 남원성으로 작정하고 쳐들어온 것은 다른 목적이 있었다.

그들은 호남평야로 진출하기 위해서는 진주성 함락이 우선이었고 남원을 거쳐 경제적 착취의 땅을 쟁취했다. 한편으로는 남원에 있는 도공들은 끌고 가려는 목표가 있어 남원성을 침략했다고 볼 수 있다.

남원성은 사흘 만에 함락되었다

이 처참한 싸움에서 죽은 사람이 1만 명이 넘는다고 알려졌는데 현재 남원에는 '만민의총'이라는 무덤이 있다.

심찬(당길)은 이때 (1598) 남원성에서 광해군과 분조활동을 하다가 도공들과 함께 일본으로 끌려가게 되었던 것이다.

당시 심찬(당길)은 내자시 소속 건신도위로서 대전과 동궁전등 대궐에서 쓰는 그릇을 담당하는 일을 했던 것으로 추정된다. 그런 직책을 맡은 건신도위 심찬은 광해군을 모시고 갔을 때 전투보다는 왕의 식사를 모시는 일이 더욱 절실했을 터였다. 임금(선조)께서 의주에서 한양으로 돌아와서 신하들과 함께 식사를 나눌 때 그릇이 없어 난감했으니 대궐에서 쓰는 물품 중 도자기는 더욱 절실했다.

(참고로 내자시(內資寺)는 호조에 속한 관서였다. 태조 1년 설립 당시에는 내부시라 칭했으며 왕실의 재물을 넣어두던 부고의 출납, 궁궐내의 등을 밝히고 끄는 일을 하는 관서였다. 그러나 태종 1년(1401)내부시를 내자시로 고치고 태종 3년(1403)에는 의성고를 내자시에 병합하여 이 관서의 기능이 왕실의 부고뿐 아니라 왕실에서 사용되는 쌀, 국수, 술, 간장, 기름 꿀, 채소, 과일, 꽃, 내연직조등도 관장하는 한편, 왕자를 낳은 왕비의 권초를 봉안했다고 한다. 1405년 육조의 직무를 나눌 때 호조에 소속시켰다. 조선 전기에는 내자시에 옹장 8명, 화장 2명, 방직장 30명, 성장 즉 바디장 2명이 소속되어 그릇 생산, 꽃꽂이 장식, 직조등을 담당하였으나 조선 후기 관청 수공업의 쇠퇴에 따라 공장이 모두 사라졌다. 이에 따라 직조기능도 폐지되었다. 궁중에서 이루어지는 각종 제사에 술을 공급하는 것도 내자시의 주된 업무 중 하나였다. 내자시에서 만드는 술은 최고급 술로서 중국 사신이 술을 빚는 방법이 궁금해 물었을 때 반드시 내자시의 늙은 주파에게 그 방법을 문의할 정도였다. 내자시에서 제조한 술들은 한양시내에서 판매되기도 하였다. 18세기 한양이 상업 도시화되면서 주점이 늘어나자 엄한 주금령을 내렸다. 그러나 한양 송교 근처 큰 술집에서는 내자시의 첩자를 높이 걸고 왕에게 바치는 어홍 술이라고 광고하면서 술을 판매하기도 하였다. 한편 국중에서 사용하는 그릇도 급에 따라 달랐는데 대전에서는 백자기, 동궁은 청자기, 내자시에서는 청홍 항아리를 쓰는 것이 관례였다.)

그때 일본에서 도자기의 위상

그 당시 일본에서는 제대로 평가된 도자기는 1개의 성과 맞먹을 정도로 절실하게 도자기가 요구됐다.

그 도자기를 얻기 위해서는 조선의 흙은 물론 무엇보다도 그릇을 구워낼 수 있는 도공이 필요했던 것이다.

시마즈 군이 남원을 침략한데는 도공을 포함한 모든 문화의 산물을 약탈하고자 하는 계략이 숨어 있었다. 그들은 얼마 남지 않은 남원 사람들도 모두 붙잡아 포로로 만들었다. 그리고 일부 포로는 포르투갈 노예상인들에게 총 한 자루 값도 안 되게 팔았다고 한다.

솜씨가 좋은 조선인들을 많이 잡아가는 게 좋았을 것이다.

그 당시 세계적 노예시장에서 조선인 또한 등장하는데 가장 헐값으로 거래되었다고 한다.

남원 도공들 무리 속에 섞여 어쩔 수 없이 끌려가던 심찬은 싸움에 패하고 적국으로 끌려간다는 사실은 치욕 중에 치욕이었다.

더하여 조정에서 의병장 심우신의 평가 과정을 보며 실망이 컸었다. 아버지 심우인은 도사공 벼슬에 나가지 않았고 심우신의 큰 아들 심허도 참판공 벼슬에 나가지 않았다.

(참고-선무공신인 심우신은 왜군 정벌에 공을 세운 장수들과 명나라 군대에 군량공급을 담당한 사신들은 대상으로 했는데 호성공신, 청난공신과 마찬가지로 그 공에 따라 1등과 2등, 3등으로 나누어 녹훈했다. 모두 18인이 선무공신으로 봉해졌는데 1등에는 임진왜란에서 육군과 해군을 이끈 이순신, 권율, 원균 3인의 장수가 선정되었다. 그러나 공신의 선정을 둘러싸고 조정 안에서 당파 간의 대립이 벌어지면서 당시에도 선

무공신의 선정이 지나치게 축소되었을 뿐만 아니라 실제의 전공과도 무관하게 이루어졌다는 비판이 제기되었다. 의병을 이끌었던 정인홍, 김면, 김천일, 고경명, 조헌등이 모두 제외되었다. 일부 인물은 공이 없는데도 유력인사의 추천으로 공신에 포함되었다는 비판을 받기도 했다. 삼촌 심우신 장군도 처음에는 빠져 있었다. 그 이유가 선조의 전폭적인 지지를 받는 유성룡이 동인이었기 때문이다. 이때 심우신 장군의 처 장흥임씨의 처절한 상소문도 한몫을 하였다.)

그리고 6촌들 또한 나라를 위해 목숨을 버린 사람이 하나, 둘이 아니었다. 그중 대표적인 사람을 들라 하면 바로 심찬의 동생 심숙이다. 심숙은 병자호란 때 온몸을 던져 순절했다. 그런 집안의 기질을 가진 심찬으로서는 죽느냐, 사느냐의 갈피를 잡지 못했을 것이나 포로가 된 이상 어쩔 수는 없었을 것이다.

왜?

바로 포로로 끌려온 조선 백성들. 저들은 누가 함께 할 것인가!

그래서 그는 아버지가 지어주신 찬이라는 이름을 가슴에 묻었고 당길이라는 이름으로 살아야 했다.

심당길이 남원에서 사쓰마로 끌려갔을 때의 도공 일행은 17개의 성(박, 신, 이, 변, 임, 정, 백, 차, 강, 진, 최, 노, 김, 정, 하, 주, 심)을 가진 80여 명이었는데 도중에 풍랑을 만나 가고시마 구시키노의 시마바리에 도착했을 때는 생존자가 43명이라는 기록이 있다.

조선도공 일행은 그곳에 오두막을 세운 뒤 황무지에 밭을 일구고 생활용 도자기를 구우며 정착을 꾀했다. 그러나 원주민들의 냉대로 1603년 조선 도공들은 사쓰마번에 탄원을 내기 위해 그곳을 떠나가던 중에 미

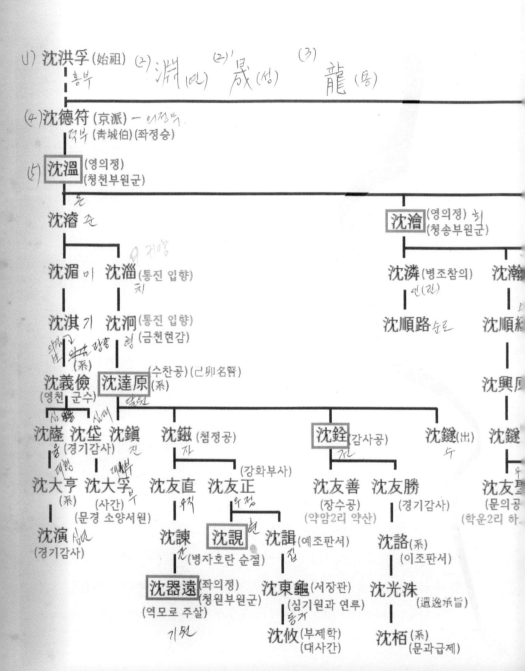

(1) 沈洪孚 (始祖) (2) 淵 (연) (2)' 晟 (성) (3) 龍 (용)
    홍부

(4) 沈德符 (京派) ㅡ 이청득
    덕부 (靑城伯)(좌정승)

(5) 沈溫 (영의정)
    (청천부원군)

沈濬 준   沈澮 (영의정)
                                                (청송부원군)

沈湄 미 沈淄 (통진 입향)   沈潾 (병조참의) 沈瀚
        치   연 (련)

沈淇 기 沈泂 (통진 입향)   沈順路 슌로   沈順紹
        령 (금천현감)

沈義儉 沈達原 (系) (수찬공)(己卯名賢)   沈興
(영천 군수)   沈興

沈蒮 沈垈 沈鎭   沈鏇 (첨정공)   沈銓 감사공   沈鐺 (出) 沈鑌
용 (경기감사) 진   자   전   누

沈大亨 沈大孚   沈友直 沈友正 (강화부사) 沈友善 沈友勝   沈友
(系) (사간)   (장수공) (경기감사)   (문의공)
    (문경 소양서원)   (약암2리 약산)   (학운2리 하

沈演 (경기감사)   沈諫 沈覢 沈諿 (예조판서) 沈詥 (系)
                (병자호란 순절)   (이조판서)

沈器遠 (좌의정)   沈東龜 (서장관) 沈光洙 (退逸承旨)
    (청원부원군)   (심기원과 연루)
    (역모로 주살)   沈栢 (系)
                    沈攸 (부제학)   (문과급제)
                        (대사간)

현장감 있는 살아 있는 복습을 위해 또 하나의 새로운 족보를 그에게 재현하고자 특별한 준비를 했다. 이번에는 평면적인 종이 위의 족보가 아니고 멀리 일본 땅, 가고시마에서 지금, 여기, 우리가 하나가 되었으니 살아 움직이는 족보를 재현해보자는 나름의 이벤트이기도 했다.

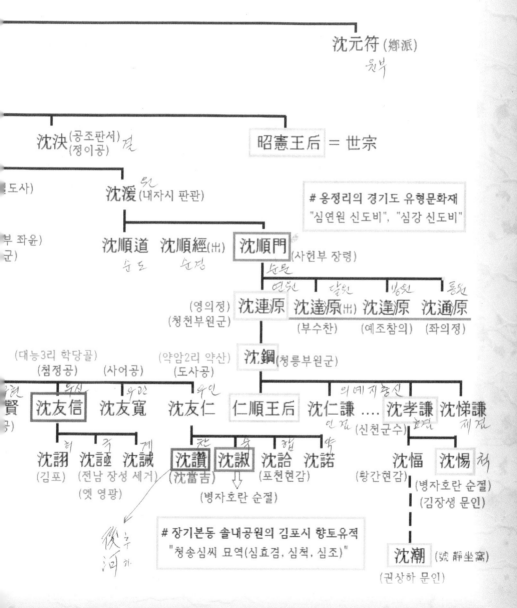

1대 심홍부에서 수직으로 내려가는 2대, 3대, ...12대까지 심가 종원 식구들이 살아 있는 조상이 되어 이름표를 들고 포즈를 취해 주셨다. 1세 심홍부(심언촌 안효공 회장님), 2세 심연(안효공 심응식), 3세 심룡(선무공신 심정섭), 4세 심덕부(안효공 심원섭), 5세 심온(악은공 심원철), 6세 심회(온양공 심충현), 7세 심한(악은공 심은택), 8세 심순경(지성주사공 심갑섭), 9세 심흥원(악은공 심춘환), 10세 심수(인수부윤공 심일), 11세 심우인(훈도공 하시모도), 12세 심당길(심수관 15세)

소헌왕후, ...인순왕후는 심대실 종원님과 심규순 교수가, 그리고 7대 생부 심원(정이공 심석산), 8대 생부 심순문(악은공 심준섭), 9대 생부 심달원(악은공 심상억)께서 역할을 맡아 주셔서 살아 있는 수직, 수평 족보가 만들어졌다. 이후 족보는 너무 무더워 만찬장에서 하기로 하고 우리는 일단 그곳을 떠났다. 11세 심우인 도사공의 아들이 12세 심찬(당길)이다.(여기까지가 김포의 족보 역사이다.)

청송심씨가 김포에 입향하게된 내력이다. 심온이1418년 12월 22일 사사되자 그보다 2년 앞서 1416년 민무휼, 민무회의 죽음이 있었다. 그당시 7세 심치는 약산 이모(양성이씨 이긴의 처로 여흥민씨이다)네로 몸을 숨긴다. 그의 아들 8세 심형은 큰 엄마가 동래정씨 집안이자, 이긴의 사위 정괄에게 장가를 가게 되고 그 후 9세 심달원은 기묘명인으로 약산에 머물게 된다. 이 모든 심씨 며느리 역할을 지금의 심씨 며느리들이 해주셨습니다. 청송심씨의 며느님들 박송애님, 이창옥님, 조은숙님, 김유숙님, 황선필님, 橋本慶子님 감사합니다. 당신들이 심문을 이어주시는 진정한 힘입니다.

임규선(일제강제동원 피해자 지원재단 이사장, 전 동아일보 편집국장)단장님께서 심척 역활을 해주셨네요.

심대는 심미의 증손자(이분만 10촌이 넘는다) 다른 분들은 7대 생부 심원(판관공)의 후손으로 10촌 이내이다. 11세 심충겸의 누이가 바로 인순왕후가 된다. 당연히 심척의 7촌 재당고모가 된다. 선조를 모신 호성공신, 의병장, 임란, 병자호란에 순절하신 분들이 한 집안 10촌 이내에 13명이나 계신데 포로로 잡힌 형편에 당시 족보에 떳떳하게 올릴 수 있었겠는가!~ 아무리 분조활동을 하는 광해군을 도와 선조 임금님이 쓰실 도자기를 구하려 남원에 갔지만 돌아올 수 없었던 절박함을 누가 알겠는가? 당시 친 삼촌이자, 의병장인 심우신 선무공신은 진주강에서 장렬하게 전사하시고 사촌들(심인, 심훈)은 광주로 남원으로 의병활동을 한 것이다.

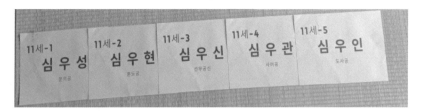

11세-1 심우성 문익공
11세-2 심우현 훈도공
11세-3 심우신 선무공신
11세-4 심우관 사어공
11세-5 심우인 도사공

10세 심수(=곡산공)의 5형제들입니다.) 심찬(=심당길)의 부친은 심우인(도사공)으로 막내입니다. 성리학에서는 맏아들은 집안의 기둥이자 항상 존엄한 자리를 지켜야 하고 차손들은 집안의 영광을 위하여 충효에 목숨을 받쳐야 양반입니다. 아들의 생사를 모르면서도 족보에도 올리지 못하는 그 아버지의 심정을 누가 알겠습니까? 그래서 심우인은 정작 도사공 벼슬에 나가지 않았습니다. 그냥 창신도위에서 머물렀습니다. 3째 형의 죽음이나 건신도위로 대궐 살림을 위하여 도자기 확보에 나섰던 아들은 나중에도 천민계급인 도예공이었기에 문중에 말 한마디 못하고 가승으로만 숨겨내려왔습니다.

12세-1 심후하 필사랑
12세-2 심찬(당길) 건신도위
12세-3 심숙 창복장
12세-4 심합 포천현감
12세-5 심낙

심당길의 형제들입니다. 지금은 김포 약산에 주로 장사랑 심후하 후손과 심합의 후손들이 살고 있습니다. 심당길의 바로 밑동생은 병자호란 때 강화 갑곶나루에서 순절하셨다고 합니다. 연이은 형제가 임진왜란과 병자호란을 온몸으로 감당하신 분들이십니다. 이 또한 권력에서 밀려나는 입장이라 그 기록을 보면 가슴이 아픕니다. 뒤 기록을 보시면 아시게 됩니다.

12대 심찬(심당길)이 일본 족보에 초대 심당길로 나온다.

沈家歴代系図

初　代	沈当吉 (讃)	慶長の役の際、全羅北道南原城より連行され、慶長3(1598)年に渡来。生涯、幼名であった当吉を名乗る
二　代	沈当壽	寛永5(1628)年、御用焼物所主取となる
三　代	沈当吉 (陶一)	慶安元(1648)年、陶業精巧につき陶一の名を拝領、御用焼物所主取となる
四　代	沈陶円	寛文8(1668)年、陶器場工人となる
五　代	沈当吉	延宝元(1673)年、苗代川(現美山)役人となる
六　代	沈当官	元禄2(1689)年、苗代川組頭となる
七　代	沈当壽	宝永4(1707)年、苗代川横目となる
八　代	沈当円	享保18(1733)年、御用焼物所主取となる
九　代	沈当栄	寛延3(1750)年、苗代川役人となる
十　代	沈当近	明和3(1766)年、白焼黒焼物工人となり、のち陶器売りさばき人となる
十一代	沈壽蔵 (十信)	文化5(1808)年、陶器工人となる
十二代	沈壽官	藩営陶器製造場工長・苗代川横目を兼務する 明治6(1873)年、ウィーン万博に錦手大花瓶を出品、賞賛を得る 明治8年、玉光山陶器製造場(現沈壽官窯)を創業
十三代	沈壽官 (正彦)	大正11(1922)年から40年間、苗代川陶器組合長を務める 昭和39(1964)年、単光旭日章を受章
十四代	沈壽官 (恵吉)	平成元(1989)年、日本人として初の大韓民国名誉総領事に就任 平成22(2010)年、旭日小綬章を受章
十五代	沈壽官 (一輝)	平成11(1999)年、十五代沈壽官を襲名 平成22年、フランス・パリにて「歴代沈壽官展」開催 令和3年、大韓民国名誉総領事に就任　現在に至る

야마라는 곳에 당도하자 그곳에 정착하기로 결정했다. 그곳 풍광이 고향 남원의 산천과 너무나도 비슷했기 때문이었는데 그곳은 당시 나에시로가와로 불리던 곳이었다.

후에 그곳은 가고시마현 히오키시 히가시이치키 미야마로 이름이 바뀌었고 후에 일본 사쓰마야키를 만들고 또 세계적인 명성을 얻는 도자기를 만드는 산실이 되었다.

일본 역사로 보면 이곳은 모든 서양문물이 들어오는 관문이기도 하다.

가계

고려

1세 심홍부-문림랑공

2세-심연-합문지후

3세 심용-청화부원군

4세-심덕부-청성백, 좌의정, 정안공

조선

4세 심덕부-청성백, 좌의정, 정안공

5세 심온-영의정

6세 심회-영의정

7세 심원-내자시 판관 증 좌찬성

8세 심순문-사헌부 장령 증 영의정

9세 심달원-승문원 판교 증 이조판서

10세 심수-곡산군수 증 호조판서

11세 심우인-창신교위(광해군조 의금부 도사 불취;도사공)

12세 심찬-일본 예명;심당길

 일본

초휘 심당길(사무라이 1세)-조선 본명 심찬

2대-심당수

3대-심도길

4대-심도원

5대-심당길(사무라이)2세

6대-심당관

7대-심당수(사무라이 2세)

8대-심당원

9대-심당영

10대-심당진

11대-심수장

12대-심수관-1868년 메이지 유신으로 사무라이 막부제 폐지

13대 심수관 2세-본명은 심 마사히코

14대 심수관3세-본명은 오오사코 게이키치 한국 명은 심혜길

15대 심수관 4세-본명은 오오사코 가즈데루 한국 명은 심일휘

 약력

시조 심당길

 1598년 정유재란때 사쓰마국 번주 시마즈 요시히로가 남원성에서 심당길 등을 납치하여 사쓰마국으로 데려왔다.

12대 심수관 미국 시카코 콜럼버스 만국박람회에서 동상을 수상

12대 심수관은 1873년 오스트리아 빈 만국박물관에 출품한 대형 도자기(180센티미터의 대화병 한 쌍)가 정교한 기술과 색감으로 예술성을 인정받으면서 국제적으로 이름을 널리 알리기 시작했다. 서구세계에 사쓰마도기 수출이 시작되어 '사쓰마웨어' 이름은 일본도자기의 대명사가 되었다.(대화병 한 쌍은 일본국보 지정)

1599년 심당길 등은 조선식 가마를 만들어 도자기를 생산하였으나 현지 주민과 언어가 통하지 않아 자주 마찰이 생겼다.

1603년 심당길 등은 와오키 군 나에시로가와로 이주했다.

1604년부터 심당길 등은 조선식 가마를 만들어 구로몬이라는 조선 분황사기 비슷한 것을 만들었다. 또 그해 나에시로 가와에 옥산궁을 지어 단군을 모시고 음력 8월 15일이면 마을 사람들과 함께 고국을 향해 제사를 지냈다.

이때 부른 노래가 고려 말기부터 불렀던 고려가요로 김천택이 지은 (청구영언)에 기록돼 있다.

이 노래가 망향가로 불렸다.

오나리 오나리쇼셔
마일에 오나리쇼셔
졈그디도 새디도 마라시고
새라단
마양 당직에 오나리쇼셔

해석하면,
오늘이 오늘이소서
매일이 오늘이소서
저물지도 새지도 마시고
(나단) (새나마)
주야장상에 오늘이소서

이 마을 사람들은 메이지 시대까지 한복을 입었고 한국말을 하였으며 결혼도 한국인끼리만 하였다. 도자기의 중요성을 아는 규슈 사쓰마번의 시마즈는 심당길 등 이 마을 도공들에게 사무라이(무사, 조선의 양반 관료)대우를 하였다.

1614년 심당길 등은 시로사쓰마 (시로몬)를 생산하였다.

1615년 박평의와 함께 어용 도자기처의 총책임자가 되어 1628년까지 종사하면서 '나에시로가와히바카리차완'이라는 작품을 남겼다.

2대, 심당수, 3대 심도길 등 이후 8대까지 모두 사쓰마번 도공 최고 지위에 올랐다.

12대 심수관 미국 시카코 콜럼버스 만국박람회에서 동상을 수상

12대 심수관은 1873년 오스트리아 빈 만국박물관에 출품한 대형 도자기(180센티미터의 대화병 한 쌍)가 정교한 기술과 색감으로 예술성을 인정받으면서 국제적으로 이름을 널리 알리기 시작했다. 서구세계에 사쓰마도기 수출이 시작되어 '사쓰마웨어' 이름은 일본도자기의 대명사가 되었다.(대화병 한 쌍은 일본국보 지정)

이어 12대 심수관은 미국 시카고 콜럼버스 만국박람회에서 동상을 받았다.

또한 그는 프랑스 파리 1900년 만국박람회에서 동상을 받았으며 1901년 시조 심당길이 창시한 시로사쓰마의 스카시보리를 개발한 공로로 일본 정부로부터 료쿠주호쇼 작위를 받았다.

12대 심수관은 미국 세인트루이스 만국박람회에서 은상을 받으면서 그 후는 본명 대신 선대 이름인 심수관을 이어 받아 습명하면서 쓰고 있다.

13대 심수관은 일본교토대학교 법학부를 졸업한 뒤에 도공의 삶을 이어 가 가고시마현 무형문화재로 지성되었다.

14대 심수관(심수관3세)은 일본 와세다 정경학부를 졸업하고 도공의 길을 걸었고 1989년 노태우 대통령 때 대한민국 명예총영사에 임명되었다.

1998년 남원도자기 일본 전래 4백 주년을 맞아 남원시에서 불씨를 가져갔으며 (그 불씨로 구운 첫 도자기를 남원시에 기탁) 이듬해 1999년 김대중 대통령 때 대한민국 은관훈장을 받았다.

2001년에는 원광대학교 문학명예 박사학위를 받았다.

2004년에는 노무현 대통령이 직접 심수관 묘를 방문하였다.

2008년 대한민국 전라북도 남원시 명예시민이 되었다.

14대 심수관 때에는 많은 일들이 생겼다.

그는 일본의 유명작가 시바 료타로가 1964년에 발표한 『고향을 어이 잊으리』의 실제 주인공으로 일본에서는 널리 알려졌다. 한국에서도 번역되어 책으로 발행되었다.

생활자기 그릇으로

처음 일본에 끌려간 조선 도공들은 조선에서 만들던 대로 생활자기인 그릇을 만들었다.

일본인들은 그 밥공기를 다완으로 사용했다.

오이도라고 부르는 이도다완은 일본 사람들이 좋아하는 다기로 사용되었다.

평범한 사발이 일본 다인에 의해 예술의 경지에 오르게 된 이도에 대해 야나기 무네요시는 이렇게 평하고 있다.

"일본 다인들은 한국 도자기를 새롭게 창작하거나 발견한 한국 도자기의 어머니이며 일본이야말로 한국 도자기의 진정한 고향이다."

아무튼 조선도공들이 처음에 만든 사발 이도자기는 지금 일본의 국보가 되어 도쿄 국립박물관에 소장되어 있다.

양반가문으로 공부를 했던 우수한 두뇌의 유전자를 지닌 심씨 가문의 솜씨는 도공은 무리 중에서도 으뜸이 되었다. 하지만 심당길은 도자기를 보는 안목이 있었던 사람이다.

또한 사쓰마번주인 시마즈 요시히로의 적극적인 지원으로 공장장이던 12대 심수관은 사쓰마번의 재정개혁 과정에서 사쓰마야키의 발전에 크게 공헌하게 되면서 세계적인 명성을 얻게 되었다.

12대 심수관은 1873년 오스트리아 빈에서 열린 만국박람회에 일본 대표로 높이 180센치의 대화병 한 쌍 등 여러 작품을 출품해 절찬을 받았다.

이후 '사쓰마'는 일본 도기의 대명사가 됐다.

또 12대 심수관은 투각, 부각 등의 기술을 개발함으로서 1885년 농상부대신 '사이고 주도'에게 공로상을 받았으며 1893년 미국 시카고 만국박람회에서 동상을 수상했다. 이어 1900년 파리 만국박람회에서 동상을, 1901년 산업발전에 기여한 공로로 녹수포상을 받았다. 또 1903년 하노이 동양제국 박람회에서 금상을, 1904년 미국 세인트루이스 만국박람회에서 은상을 수상했다.

그렇게 유명해지면서 12대 심수관은 일본도기의 대명사라는 사쓰마야키의 총수가 되었고 일본최고의 도예작가가 되었다. 이후 심수관가 후손들은 심수관이라는 이름을 이어받으면서 13대, 14대, 15대로 이어지게 되었고 앞으로도 16, 17, 18로 이어질 것이다.

물론 심수관이 일본최고의 도예가가 되면서 그 이름이 우리나라에도 전해졌다. 4백 년 동안 자신의 성씨를 지켜낸 일본 속의 자랑스런 청송 심씨. 그들은 또한 사쓰마 도자기의 명문가로 일본을 대표하는 예술가이면서도 한국의 청송 심씨를 지켜내고 있는 자랑스런 한국인이기도 하다. 그래서 청송 심씨는 한국, 일본은 물론 세계에서도 알려지게 되었다.

심수관 가문으로 청송 심씨는 세계로도 알려진 명문가가 되었다.

정유재란 때 도공과 함께 흙을 가져갔다

정유재란 때 일본군은 도공들만 잡아간 게 아니다.

그들은 조선에서 도자기의 원료가 되는 고령토를 가져갔다.

일본인이 눈독을 들인 것은 도공뿐만 아니라 조선의 질 좋은 흙이었다. 그들은 도공을 잡아가면서 많은 흙을 가지고 갔지만 어느 기간이 지나자 바닥을 드러냈으므로 도공들은 그릇을 구울 흙을 찾아나서야 했다.

그렇게 찾아 헤매던 중 도공 이삼평이 마침내 규슈 북부에서 고령토를 찾아냈다. 그런 연유로 지금도 아리타 도자 축제 때는 규슈 북부의 이삼평이 신주가 된다.

끌려간 도공 중 박평의는 심당길과 함께 사쓰마 도기를 창안 발전시켰다.

그리고 이들은 마을에 옥산신사를 만들어 단군을 섬기며 살았으나 메이지 유신 시대가 되면서 박해를 받았다.

(또한 박평의는 1882년 도고라는 일본 성으로 개명하고 13대손 박무덕 도고 시게노리는 일본의 외무대신이 되었으며 2차 대전 후 고위직 전범 28명 중 한 명이 된 한국계 일본인이 되었다.

끝까지 자기 성을 지키고 단군신을 섬기면서 조선인으로 산 사람은 청송 심씨 당길 후손이 유일하다.

도공이 아니면서 도공 무리 속에 섞여 일본 땅으로 끌려온 심당길은 조상님께 부끄러워 '찬'이라는 이름을 가슴에 묻고 도공이 되어 살았지만 자식들에게 자신의 조선 이름, 즉 아버지가 지어준 이름이 찬이라는 사실을 후손에게 알려주면서 그 이름이 전해져 내려왔다.

메이지 유신 때 사쓰마 도자기로 가업을 빛낸 12대 심수관의 업적으로 심수관가는 일본 내에서도 대접을 받는 중인계급이 되었다. 이후 자손들이 그 이름을 계승하고 사쓰마 도자기를 만들면서 일본에서는 물론 세계적으로도 그 이름이 알려졌다.

안 오신 건가요?
못 오신 건가요?

잠시 심당길 시대로 돌아가본다.

그 시기는 조선 건국 2백 년을 맞아 많은 변화를 초래하던 시기이다.

조선 전기는 건국이념이 성리학이었다.

충효를 강조하면서 중앙집권화가 강화되었고 서원과 향약을 통해 보급되면서 붕당이 형성되어 가고 있었다. 위정자들은 우주의 이치에 몰입하다 보니 자연히 중화, 남성, 사대부, 지배층이 구조화 되어 가고 있었다.

성리학은 모든 유학의 우두머리로서 개인도덕과 공동체 윤리를 우주와 연결시킨 거대한 철학으로 조선 왕국은 이 성리학을 통치이념이자 종교로 숭상했다.

임금과 신하의 토론 주제도 성리학이었고 과거시험도 그렇고 서당에서 백성들이 배우는 것도 성리학이었다. 성리학의 흔적은 지금도 개인과 조직문화에 명절, 풍습, 예법에 그대로 남아 있다.

그러나 그늘도 만만치 않다.

정치는 당쟁으로 점철되고 경제는 가난으로 사회는 부패와 학정으로 일관되고 국방은 문약으로 일관되다 보니 조선의 지도자들은 이념으로 인해 제 기능을 발휘하지 못했다. 곧 성리학의 이면이다.

성리학이 너무 융성하다 보니 조선은 늘 문약하고 가난했다. 이를 안빈낙도하는 검약으로 포장하고 백성을 지켜주지 못한 문약과 정신승리로 포장해 합리화하다 보니 결과는 백성에 대한 수탈과 학정으로 점철되었던 것이다.

신분의 차등을 강조하게 되었고 현실과 동떨어진 생각으로 개혁의지가 없었다.

오직 (충, 효)덕목만이 강조되고 장자중심의 문화로서 가문을 위한 가문이 되어갔다.

나라는 선조부터 적통출신이 아닌 왕이 되다 보니 스스로의 열등감으로 광해군, 인조, 영조, 정조, 고종이 그 열등감을 만회하려 자기 중심의 치리로 일관되었다. 임금은 나라보다는 자신의 위치를 지키는 것이 우선이었고 백성은 알아서 의병들이 해결해주기를 바랐던 나라였다.

가문 역시 한 아버지, 어머니일지라도 큰아들이 아니면 차별을 당연시했다. 서얼은 한 아버지 핏줄이라도 홍길동전에서 보듯이 호부호형을 하지 못하는 철저한 계급으로 굳어져갔다.

한 집안의 벼슬도 시간과 세대가 바뀌면서 문신과 무신으로 나뉘어져 갈수록 멀어져 가는 신분이 되고 더하여 양자제도로 가문은 더더욱 내부 설움이 깊어져갔다.

심찬은 그 분위기를 잘 알고 있었기에 올 수가 없었을 것이다.

새삼 놀라운 사실도 발견했다.

심찬의 서자에서 딸 셋이 있었다는 사실을 문중 몇몇은 알고 암암리에 전승되고 있었던 것을 알게 되었을 때 그 놀라움은 (14세)심수관이 김포에 오지 못한 일 이상으로 경악을 금치 못했다.

결국은 지금도 그 인습이 계속되고 있는 것이다.

심당길이 살던 시대상

당길이 살던 당시는 성리학이 한참 무르익던 시절로 관념적이고 철학적인 논쟁으로 실질을 숭상하지 못한 시절이다. 철저한 계급사회로서 임금과 싱하 간의 암투 권력, 또는 신하들 간에 스승과 지역을 토대로 벼슬 자리에 대한 명분 싸움이 극도로 치달을 때였다. 정작 나라를 위한 실질적 부국강병은 찾아볼 수 없었고 오직 명분과 예의로써 행세하던 시절이다.

이름도 어렸을 때의 아명이 있고 성인이 되어 부르는 자(字)가 있고 높은 벼슬을 하던 이는 평소에 휘(諱)가 있었다.

임진왜란이 나니까 인순왕후의 7째 동생이며 당길의 8촌 신천공 심효겸은 호성공신이 되어 의주로 선조를 모시고 가게 되었다. 내자시의 건신도위였던 당길은 광해군의 분조로 의병들의 사정을 살피던 중 포로의 한 사람이 되었다. 당길은 도예공은 아니었지만 도예에 관해선 도예공 이상의 안목이 있었다.

오직 성리학을 공부하여 과거에 합격하는 것이 사대부가 가는 길인 줄 알던 시절에 살던 당길이 일본으로 끌려가 최고의 도자기 기술과 조총을 발달시키기 위해 기술자를 우대하던 부국강병책을 쓰는 일본을 보고 어떤 생각이 들었을까?

조선에서 도공은 그저 천민으로 사람 대접도 잘 받지 못하는 천민아니던가!

일본에서 중인 대접을 받으면 밥이 해결되는데 만약 고국에 간다면?

싸우다 장렬히 죽지 못하고 포로로 끌려갔다고 죄인 취급을 받는 것은 물론 가문을 더럽혔다고 문중에서 내쳐질 수도 있을지 몰랐다.

또 당길은 결혼했으나 첫 부인이 아이 없이 일찍 세상을 떠나고 어머니 또한 돌아가셨으며 다만 서자 아들이 있었으나 딸만 두었다.

이런 상황에서 고향에 가본들 오히려 가문에 먹칠을 할 뿐이라는 생각을 했을 터였다.

그 당시 조선 상황으로는 당길을 받아줄 수 있는 사회가 아니었다.

오히려 천한 도공이 되었다고 비난받을 뿐이었다.

그는 잡혀온 남원의 도공들과 함께 묵묵히 그릇을 굽기로 작정했음이 틀림없다.

당길은 "찬"이라는 아명을 버리고 당길로 살면서 자신의 아명을 후손들에게 전하는 일은 잊지 않았다.

심당길 아버지는 심우인, 할아버지는 심수(곡산공), 증조할아버지는 심달원(수찬공)이다. 증조할아버지의 형님, 심연원(영의정 청원부원군 충혜공)은 인순왕후의 할아버지로 당길(찬)의 7촌 재당고모가 된다.

심우인은 창신교위로 근무할 때 광해조 의금부 도사를 제의받았으나 1593년 진주 남강에서 순절한 셋째 형님이 조정에서 제대로 평가받지 못함으로 나가지 않았다.

당길의 형, 심후하, 동생 심숙, 심합, 배다른 동생 심낙, 누이가 둘 있었는데 서손은 아버지 핏줄이라도 족보에 오르지 못했고 여자 역시 오르지 못했다.

그 당시는 성리학이 무르익던 시절로 관념적 논쟁으로 실질을 숭상하지 못한 시절로 철저한 계급사회였다.

임금과 신하 간의 암투권력, 신하 간, 스승과 지역을 토대로 벼슬 자리에 대한 명분 싸움이 극도로 치달은 참으로 어수선한 시절이었다.

난리가 나니까 인순왕후의 일곱째 동생으로 당길의 8촌인 신천공 심효겸은 호성공신이 되어 의주로 선조를 모시고 갔다. 내자시의 건신도위였던 당길은 당시 도공은 아니었지만 도자기를 보는 안목은 누구보다 높은 상태에서 분조(광해군)와 한 팀이 돼 의병들과 도자기를 살피던 중 포로의 한 사람이 되었다.

당길(찬)은 아마도 심우신 삼촌처럼 마지막까지 싸우다가 순절하기를 원했을지도 몰랐다.

그러나 포로로 잡힌 당시로는 죽는 것만이 최선은 아니라는 것을 되새기며 포로들과 함께 운명을 받아들였다.

그는 심씨 가문에 누가 되지 않기 위해 자(찬)를 버리고 아명(당길)으로 살면서 후손에게는 은밀히 자신의 이름 '찬'을 알려주었다.

심당길이 일본으로 잡혀가다

당길이 도공 무리 속에 일본으로 잡혀간 그 시기의 조선은 건국 된지 200년이 지나는 시기였다. 당시 조선 사회는 정실의 장남이 왕위를 이어가는게 전통이었는데 덕흥대원군은 후궁의 태생이었으며 선조는 덕흥대원군의 장남도 아닌 셋째 아들이었다. 자신이 방계출신이면서 임진왜란 중이라 후궁 공빈의 출생인 광해군을 세자로 책봉하다 보니 왕실 자체

천년을 누리는 주목

가 콤플렉스로 가득 차 있던 때이다.

심수관가는 청송 심씨를 고집하며 살다

심수관가는 청송 심씨를 고집하면서 살았기에 메이지 유신 이후 제국주의로 갔을 때 가장 힘들었다.

그때 조선에 뿌리를 둔 많은 가문들이 자신의 성을 버리고 일본 이름으로 바꿔 살았을 때도 그들은 이름을 바꾸지 않았다. 그렇게 심수관 이름을 계승한다는 것은 무겁고 엄중한 역사를 함께 물려받는 일이었다.

최근의 상황도 마찬가지이다.

한·일 국교 정상화가 되고 이어 김대중, 오부치 총리 공동선언으로 한일관계가 좋아졌을 때는 문화교류는 물론 삶도 위축되지 않고 편안했다.

그러나 몇 년 전에 다시 두 나라 사이가 냉각되자 자연 자신들의 삶도 또다시 위축되었다.

그러다가 윤석열 대통령의 취임식에 한국명예총영사의 자격으로 초청을 받으면서 마침내 고향까지 찾게 되었다.

그리고 15대 심수관은 고향에서 고유제를 지낼 수 있었다.

2장

그 당시 문중

임진왜란의
심우신 의병장

2017년, 세보를 받아보고 나의 뿌리를 찾아보며 방계도를 넓혀 가던 중 나의 직계 11대 심우신 선무공신 할아버지에 대해 궁금증이 생겨 조선의 상황을 연구해보고 대동족보를 거슬러 가기 시작했다.

전남 장성군 삼서면에는 육군 관련 최대 교육시설인 상무대가 있다.

보병학교 중에서는 규모가 가장 큰 시설로 육군 외에도 여러 부대의 교육을 담당하는 전투장병 양성의 요람이다.

이 장소가 4백30여 년 전 의병 수천 명이 일본군과 싸우기 위해 땀 흘리며 훈련했던 곳임을 기억하는 사람은 거의 없다.

이 의병들을 모아 훈련시켰던 사람이 심우신(1544-1593)의병장이다.

그는 의병을 모집하면서 표의(義彪)라는 기치를 높이 들며 일본군과 싸웠다. 표의는 '호랑이 정신'이라는 뜻이다. 이 이름에 걸맞게 심우신이 이끄는 의병부대는 용맹함으로 유명했다.

심우신의 생애

우신은 1544년(중종39년)에 김포에서 태어났다.

어렸을 때는 내심 과거시험을 준비하기 위해 과도하게 독서를 하였는데 이 때문에 운동 부족으로 건강을 해쳐 소화불량과 소갈증이 생겼다.

의원은 이에 대한 처방으로 활쏘기를 권했다.

그는 탁월한 소질을 보여 마을 활쏘기 대회에 참가할 때마다 백발백중의 솜씨를 발휘했다.

이런 모습을 본 한성부판윤 신립은 심우신에게 "그대의 지병인 소화불량을 지니고는 학문에 정진하기가 어렵고 , 학문을 닦은들 허사가 될 수 있다. 오히려 그대의 숨은 재주인 무예를 닦으면 건강에도 좋고 국가로서는 인재를 얻게 되는 것이다."라고 하면서 무과 시험을 보도록 권했다.

신립의 말을 따른 결과 심우신은 24세가 되던 1567년에 무과에 급제했다.

이후 그는 선전관과 옹진현령 등을 거쳐 군기시첨정 등의 관직을 맡으며 무관으로 근무하면서 칭송을 받았다. 그러나 1591년에 어머니가 돌아가시자 관직을 사임하였고 상을 치르며 고향에 은거해 있던 중 임진왜란을 맞게 되었다.

조선의 명장 신립이 충주 탄금대에서 패배하였고 한양을 사수하기 위해 도원수로 임명된 김명원은 선조에게 장계를 올렸다.

장계의 내용은 "심우신은 무관으로서 그 경험이 뛰어나니 모친상 중이라도 군 종사관으로 임명하기를 청한다."는 것이었다.

심우신은 여러 차례 사양했지만 어쩔 수 없이 어머니의 영전에 고별 인사를 올리고 군복차림으로 부임하였다.

심우신은 이렇게 선조를 도와 싸웠지만 선조가 의주로 파천하게 되어 어쩔 수 없이 김포 통진으로 내려와 식솔들과 함께 서해의 해로를 이용하여 처가가 있는 영광으로 정착하였다.

심우신은 당시 부호였던 장인 '임제'의 도움을 받아 영광에서 의병을 일으키기 위해 동지를 규합하였다.

그는 의병을 일으키는 자리에서 "내가 이 세상이 태어나 무과에 급제하던 날 이미 나의 이 한 목숨을 나라에 바치기로 결심하였다. 하물며 모친상 중에도 기용이 된 바에 어찌 농촌에 엎드려 안일하게 내 몸이나 처자만을 돌볼 수 있겠는가."라며 여러 사람들에게 합류할 것을 호소했다. 이로 인해 수천 명의 의병부대가 만들어졌고 심우신은 호랑이 정신을 뜻하는 표의 군기를 만들고 의병장이 되었다.

처남 임두춘, 최인, 박언준, 김보원 등도 뜻을 함께했다.

심우신은 엄격하게 훈련시킨 정예 의병을 거느리고 한양을 수복하기 위해 북상하였다.

북상하는 도중에 청주와 황간 등지에서 일본군을 만나 전투를 벌여 승리하였다.

그해 12월에는 수원의 독성산성에 들어가 연합전선을 펴고 수비하였는데 한양에 주둔하고 있던 일본군이 몇 차례나 공격해왔다. 이때 심우신은 기습작전으로 일본군을 제압했는데, 그 정예부대로 인해 두려움에 빠진 일본군은 독송산성에서 물러났다.

심우신이 이끄는 의병부대는 북상하여 한양탈환을 위해 한강하류인

양화진에서 창의사 김천일 의병장을 만났다.

김천일은 심우신의 의병 부대가 정예 군사 못지않게 군율이 있고 그의 위국충정에 간격하여 서로 생사를 같이 맹세하였다.

심우신과 김천일, 그리고 행주를 수비하는 권율은 힘을 합쳐 일본군을 압박해갔고, 이를 견디다 못한 일본군은 결국 한양을 포기하고 퇴각하였다.

이후 김천일은 의병을 이끌고 남쪽으로 내려가 진주성 수비에 나섰는데 일본군은 1차 진주성 전투에서의 패배를 설욕하기 위해 대규모 병력을 동원했다.

심우신은 김천일과의 의리를 생각하며 진주성으로 내려갔다.

이런 행동을 무모하다고 반대하는 사람도 있었는데 심우신은 "이미 김천일 장군과 더불어 같이 죽기로 약속했으니 어찌 구차스럽게 위기를 면하고자 도망할 것인가?"라고 하며 일본군 10만 대군이 진주성을 겹겹이 포위하여 공격함에 따라 심우신은 진주성 동문 수비를 담당하여 결사항전을 벌였다.

하지만 지원군의 보급이 두절되고 진주성은 고립되고 말았다. 동문에서 혈전을 벌이던 심우신은 대세가 기울었음을 느끼고 촉석루 본영으로 달려가 김천일, 최경회 등과 "죽어 원귀가 되어서라도 적을 섬멸하자"라고 말하고 "나는 무인이니 헛되이 죽을 수 없다. 끝까지 싸우다 죽겠노라."라며 동문으로 달려가 결사항전했다. 하지만 화살이 떨어지고 활이 끊어지자 남강에 투신하여 50세의 나이로 순절하였다.

이 때 심우신의 처남 임두춘, 모병관 역할을 한 최인, 무예가 출중했던 박언준과 김보원 등도 진주성에서 장렬하게 전사하였다.

임진왜란이 끝난 후 의병장 심우신의 충절과 의열정신은 높이 평가되어 장례원 판결사에 추증되엇다가 다시 병조참판이 가증되었다.

지금 심우신의 행적을 기리는 '표의사'가 장성에 남아 있다.

1990년 9월 21일 장성군 산서면 유평리 마을에 건립됐다는 표의사를 찾아갔는데 안내판이 제대로 되어 있지 않아 농로를 따라 들어가면서 내비게이션도 잘 작동되지 않았고 겨울이어서 인적도 드물어 한참을 헤매었다.

표의사는 문이 굳게 닫혀 있었고, 녹슬은 자물쇠가 외롭고 쓸쓸했다.

더하여 김포에서 나고 길러진 이런 인물을 후손인 나, 더 나아가 선무공신 후손들의 무관심을 자책하며 우리의 현실을 또다시 돌아보며 이런 것들이 나로 하여금 출판을 하게끔 하는건 아닌지 조상의 영령들을 생각해 본다.

임진왜란부터 병자호란까지
심씨 문중의 아들들

"한 집안에 아우, 형제가 임진왜란과 병자호란으로 각각 한 분은 포로로, 또 한 분은 순절한 이런 전쟁은 드문 사례이다."

병자호란 당시 강화도가 함락되면서 순절한 분들은 강화 충렬사에 배향되어 있다. 이 중 김포에서 대대로 세거해온 청송 심씨 가문의 인물 심현, 심숙, 심척등 세 분은 당시 자결, 혹은 항전하다가 순절했다. 그런데 이들은 모두 김포 옹정리에 묘가 있는 심순문의 고손이라는 공통점이 있다.

심순문은 세종의 장인 심온의 증손이다. 즉 심온은 5대이고 심순문은 8대조이다.

심순문은 1504년 갑자사화에 연루되어 유배되었다가 억울하게 참수를 당했는데 평소 성품이 강직하고 직언을 잘하여 연산군의 폐정을 자주 지적했다고 한다. 그는 아들 넷을 두었는데 이 네 아들이 모두 문과에 급제하는 보기 드문 광영을 누렸다.

그중 첫째 심연원(1491-1558)은 영의정을 지냈고 둘째 심달원은

(1494-1535)홍문관 부수찬을 역임했다.

심연원의 아들 심강(1514-1567)은 맏딸이 명종과 혼인함으로써 청릉부원군이 되었고 8명이나 되는 아들들도 모두 현달했다.

현재 김포시 옹정리에는 심순문, 심연원, 심강 등 3대의 묘역이 있으며 시재는 음력 한식날과 9월 19일에 지낸다.

심연원의 둘째 아들인 심의겸(1535-1587)은 동서분당의 주역으로 널리 회자되는 인물이다. 일곱째 아들 심효겸(1547-1600)은 임진왜란 때 의주로 몽진하는 선조를 호종하여 호송원종공신에 책록되었으며 황해도 신천군수를 지냈다. 현재 김포시 장기본동의 솔내공원에 있는 청송심씨 묘역은 심효겸과 그 후손들의 묘역이다. 이 중 심효겸의 묘역인근에 묻힌 둘째 아들 심척은 병자호란 때 강화도에서 적들과 싸우다 순국한 인물이다.

심순문의 둘째 아들 심달원

심순문의 둘째 아들 심달원(1494-1535)은 1517년 별시문과에 급제하여 홍문관에 들어갔는데 1519년 기묘사화가 일어나자 반대파의 탄핵을 받아 멀리 귀양을 갔다. 그는 나중에 죄가 사면되어 성균관 직장이 되었으나 대간들의 탄핵으로 곧 채직되었으며 한어에 능통해서 외교문서 작성에 많은 공로를 세웠다.

심달원은 청천부원군 심온의 종가로 양자를 갔는데 그 후손들은 통진의 대곶과 양촌에 세거하게 된 것은 본가의 영향도 있지만 무엇보다도 양자로 간 큰집이 세종 1년에 김포로 한성판관공 심치가 귀양온 것이 발단이다.

심달원은 아들 넷을 두었다. 그중 둘째가 심자이고 넷째가 심수이다. 심자의 아들 심우정은 문과에 급제하여 강화부사를 지냈는데 그의 아들이 바로 병자호란 때 강화에서 부인과 함께 자결하여 충렬공이라는 시호를 받은 심현이다.

한편 심수는 다섯 아들을 두었는데 그중 셋째 아들 심우신은 임진왜란때 진주성 전투에서 김천일과 함께 순절하여 병조참판에 추증되었고 전라도 영광의 장천사에 배향되었다.

심수의 다섯째 아들 심우인은 아들 다섯을 두었는데 그중 둘째 심찬이 (권신도위) 임진왜란 때 광해군과 함께 분조활동을 하다가 남원성 전투에서 일본 규슈의 남쪽 사쓰마 번주 시마즈 요시히로에게 붙잡혀 포로로 끌려갔다.

심찬의 바로 밑동생 심숙은 형이 일본으로 끌려간 뒤 30년 후 강화도에서 공무를 수행하고 있던 중 병자호란이 일어나자 의병장이 되어 청나라 군사들과 끝까지 싸우다가 순국하였다.

이상, 병자호란 때 순국한 청송 심씨 세 사람은 모두 심순문의 고손들로 심척은 심연원의 증손자이고, 심현과 심숙은 6촌 형제가 되고 심우신은 심당길의 삼촌이다. 그러므로 심숙의 친형제 심찬은 심현과는 6촌이고 심척과는 8촌 형제가 된다.

심현(1568-1637)

청송 사람이고 수찬 심달원의 후손으로 관작은 돈녕도정이다. 성이 함락되자 조카 동귀가 배를 준비하여 피난하기를 청하자 공이 말하기를 "나라가 망하면 집안도 망하는 것이니 살아서 무엇하겠는가? 나는 죽기로 결정했으니 다시 말하지 말라."라고 하였다.

심현이 청병이 닥쳐오는 것을 보고 그의 아내 송씨에게 말하기를

"우리 부부가 모두 70세가 되었으니 이미 오래 살았다. 바위 구멍에 숨어서 피해도 화를 면한다는 보장이 어렵고 혹시 산다 해도 구차하지 않은가." 하였다.

그의 조카 동귀가 배를 강어귀에 대고 배를 타고 피하기를 청하니 심현이 말하기를

"나라가 깨지고 집이 망하였는데 살아서 다시 무엇하랴, 나는 죽기로 결정했다."

하고 드디어 조복을 입고 북쪽을 향해 4배 한 후에 유소를 지어 외손자 박장원에게 맡겼는데 그 소에 말하기를

"신 심현은 동쪽을 향해 두 번 절하고 남한산성에 계신 주상 전하께 글을 올립니다. 종묘사직이 이미 망하여 어찌 할 수 없게 되었으니 신이 아내와 함께 죽어 나라의 은혜를 저버리지 않겠습니다."

하였다. 마침내 그의 아내를 돌아보고 말하기를

"정은 백년을 함께 하고 의는 한 번 죽음을 같이 하니 내가 충신이 되면 그대는 충신의 부인이 되지 않겠는가." 하니 아내가 말하기를

지아비는 충성을 위하여 죽고 첩은 절개를 위해 죽어서 몸을 깨끗이 함께 돌아가는 것을 실로 달갑게 여기는 바입니다. 용당의 고사를 본받기를 청합니다." 하였다.

(용당고사란 남송사람 조묘발이 지주의 통판으로 재직할 때 원나라 군대가 침입하자 군대를 모아 대항했으나 막지 못하자 부인 용씨와 함께 자신의 서재인 종용당에서 목을 매어 자살한 일을 가리킨다.)

드디어 서로 목매어 죽었다.

후에 임금이 그가 올린 소를 보고 이르기를

"나라에서 심현에게 깊은 은혜와 두터운 혜택을 준 것이 없는데 병난을 만나서 절개에 죽기를 중신보다 먼저 하였으니 만일 대현이 아니라면 어떻게 여기에 이를 수 있겠는가. 그의 아내 송씨가 같이 죽은 절개도 매우 가상히 여길 만하다."

하고 아울러 정려하고 자손을 벼슬에 오르게 하였다.

심숙(1580-1637)

심숙은 청송 사람이니 도정 심현의 종부제이자, 심찬의 바로 밑 동생이다.

1637년(정축) 난리 때 의병장이 되어 적병이 가까이 오는 것을 보고 갑곶나루로 달려가 다시 돌아오지 않았으니 아마도 싸우다 죽은 것으로 보인다. 외아들이 나이가 어려서 이런 사적을 드러내어 찬양할 사람이 없어서 아직 나라에서 정려를 내리고 관직을 추증하지 못했으니 공의 억울하고 원통한 일은 공적으로 의논해야 마땅하다.

후에 공이 증손 심한제는 나이가 많아 중추부사에 제수되었으며 임금의 은혜로 장락원정에 임명되었다.

심숙은 6촌 종형 심현과 달리 의병장으로 적과 싸우다 죽었다. 그런데 자결한 심현은 충렬공이란 시호를 받은 반면 심숙을 정려도 없고 관작추증도 없었다. 이는 심숙의 아들이 어려서 그런 것도 있겠지만 필자 생각으로는 심현의 가계가 훨씬 화려했던 것이 하나의 원인일 것이라는 점이다.

즉 심현은 아버지 심우정이 강화부사를 지냈고 동생 심집(1569-1644)은 예조판서를 역임한 고관이었다. 게다가 그의 유지를 받든 외손자 박장원은 훗날 예조판서와 한성판윤을 지냈으므로 심현에게는 가까운 친족들에 의해 선양될 조건이 풍부했다.

반면에 심숙은 증조부 심달원 이후로 조부와 부친 및 숙부 중 문과에 급제한 사람이 없었고 숙부 심우신이 임진왜란의 공으로 사후 병조참판에 추증된 것을 제외하면 차츰 가문이 한미해지고 있었던 것으로 보인다.

또 하나의 원인을 들자면 할아버지 곡산공께서 얼굴도 보지 못했고 이미 돌아가신 진사공께 양자를 가셨기에 이런 상황들이 벌어진 듯 보인다. 아마도 바로 위 형인 심찬(당길)이 이런 상황을 염두에 두었기에 찬을 거두고 당길이라 하지 않았을까, 하는 추측도 해보게 된다. 친형 심찬은 임진왜란때 일본으로 끌려가는 등 차츰 가문이 한미해지고 있었던 것이다.

심숙은 초시에 급제한 기록도 없는데 문직을 가졌다고 한 것으로 보아 아마도 음직으로 낮은 관직을 역임한 것으로 보인다. 그가 뛰어난 재능을 지녔음에도 불구하고 과거에 응시하지 않은 사연을 알 수는 없으나 1926년 박헌용이 편찬한 "강도고금시선"에는 그의 시가 38편이나 실려 있어 주목된다.

심숙의 자는 사안이고 호는 구암이며 본관은 청송이다.

청송백 덕부의 8대손이며 수찬 달원의 증손으로 도사 우인의 아들이다. 정축년 난리 때 오랑캐 기병이 강을 건넜다는 소식을 듣고 종형과 함께 갑곶진 위에서 순절했는데 그때 그의 나이 58세였다. 후에 장악정에 추증되었다.

이상의 자료들을 바탕으로 심숙의 일대기를 정리해보는 일은 친형님 심찬(심당길)의 일본 후손들을 위해서도 의미가 있을 것이다.

청송 심씨 심달원-심수의 막내아들인 도사공 심우인은 김포 약암리 약산에 태어나 대대로 그곳에 세거했다. 약암리에는 심달원의 부인 (파평 윤씨, 계축생, 1564년 명종 갑자사화 8월 졸, 72세)은 남편보다 29년을 더 사시고 심달원의 셋째 아들이자 심우인의 백부인 감사공 심전의 처 (전의 이씨 1529년 중종 15년 경진생-1602년 선조 임인년 졸)께서는 시모보다 38년을 더 살고 계셨고 장남 심우선이 기거하였다.

한편 심숙의 할아버지 곡산공 심수 (심순문의 형 심순경의 차남 심흥원에 양자로 감)는 이미 돌아가신 분께로 양자로 가는 바람에 파주 광탄으로 가지 않고 어머니, 윤씨 곁에서 일가를 이루었다.

이로써 심우인의 아들 심숙 또한 약암리가 고향이었으나 그는 음직으로 공무를 맡게 되면서 강화도에 오랜 기간 머물렀다. 문학적 재능과 선비로서의 소양이 남달랐던 심숙은 강화에서 명망 높은 선비였고 이때문에 인조가 몽진했을 때 알현하기도 했다. 어찌 보면 처한 상황은 다르지만 심찬은 도자기로 일본에서 지금의 세계적 예술품을 탄생시킨 재주가 뛰어난 면이나 강직함 그리고 시대적 한계에 책임 있는 행동으로 정체성을 잃지 않은 점이 너무 닮았다.

강직하고 올곧은 성격의 심숙은 병자호란 당시 의병장으로서 자신의 본분을 다하였고 마침내 장렬하게 순국하였다. 그가 남긴 38수의 시중에서 고향인 통진, 약암리 약산과 관련된 시 두 편을 적어본다.

1. 약산에서 흥이 겨워

2. 덕포를 건너 약산에 묵으면서 감회를 적다.

덕포를 건너 약산에 묵으면서 감회를 적다(율시 하나는 삭제되었다)
제1구는 '그림자를 숨김이 세상을 피하는 것 같고, 종적을 감
춤이 원수를 피하는 것 같구나.' 이다(당시 부의 우두머리가 집탁을
당해 황급이 누각으로 도망쳤다 하기에 이렇게 말한 것이다)[渡德浦宿若山
書懷[一律刪] 第一句一作 匿影如遁世 藏蹤似避仇(時爲府伯所侵 脫身
權避 故云)]

寄跡如秦贅,	붙어사는 것이 진췌257)와 같고,
傷心類楚囚.	상심함은 초수258)와 한가지일세.
家山隔一水,	고향산천은 한 줄기 강물을 사이에 두었건만,
行役阻三秋.	행역(行役)259)으로 삼년 동안 가지 못했다오.
脚冷知裤獘,	다리가 싸늘해지니 바지 헤진 것을 알고,
魂驚認路脩.	잠에서 놀라 깨니 길이 하염없음을 깨닫노라.
何當歸故土,	어느 날에 고향으로 돌아가려나,
忘却此羈愁.	차라리 나그네 시름 잊을 수밖에.

구산에 오르니 감회가 일다[登龜山有感]

憶昔吾先祖,	지난날 그리나니 나의 선조들,
琴歌卽此遊.	거문고 가락에 이곳에서 놀았으리.
靑樽濃琥珀,	푸른 술통에 호박 빛 술은 향기롭고,
紅粉滿汀洲.	미인들은 물가에 가득했다오.

---

257) 진췌(秦贅)는 진(秦)나라 때 집이 가난해 혼인할 수 없는 남자가 처갓집에 데
릴사위로 들어가는 것이다. 『한서(漢書)』, 「가의전(賈誼傳)」에 "진나라 사람은,
부유한 집 아들이 장성하면 분가(分家)해 나가고, 가난한 집 아들이 장성하면
데릴사위로 나간다." 하였다.

258) 진(晉)나라에 포로로 잡혀가서 거문고로 초나라 음악을 연주하며 고향을 그리워
했던 종의(鍾儀)의 고사에서 유래하여, 나라가 위태한 상황에서 더 이상 어찌
할 수 없이 궁박한 처지에 빠져 있는 사람을 가리키는 말이 되었다. 또한 『세설
신어(世說新語)』, 「언어(言語)」에 서진(西晉) 말년에 중원을 잃고 강남으로 피
난 온 관원들이 신정(新亭)에 모여 술을 마시다가 고국의 산하를 생각하고서 서
로들 통곡을 하며 눈물을 흘리자, 왕도(王導)가 엄숙하게 안색을 바꾸고는 "중원
을 회복할 생각은 하지 않고 어찌하여 초수(楚囚)처럼 서로 마주 보며 눈물만
흘리느냐."고 꾸짖은 고사가 있다.

259) 관명(官命)에 따라 토목 사업을 벌이거나 또는 국경을 지키는 일.

92

송화에서 장연으로 향하다[自松禾向長淵]

曉向童牛嶺,	새벽에 동우령을 향해 길을 떠나,
崇朝問路歧.	아침 내내 갈림길을 물어본다.
溪平氷羃岸,	시내는 평탄하고 언덕은 얼음으로 덮였는데,
松臥雪封枝.	늘어진 소나무 눈이 가지를 감쌌구나.
人世玆遊最,	인간세상에서 이번 유람이 으뜸으로,
山川此地奇.	산천은 이곳이 기이하도다.
他時應入想,	훗날에 응당 생각날 터이니,
題證一篇詩.	한 편의 시를 남겨 증거 삼으리.

한정랑의 시에 차운하다[次韓正郞韻]

貧病今三載,	가난하고 병든 지 삼 년,
交遊又一春.	교유하며 다시 한 해 봄을 맞이하네.
同爲江海客,	함께 강해의 나그네 되었으니,
共是洛陽人.	모두 낙양인255)이라오.
志節窮逾壯,	뜻과 절개는 궁할수록 더욱 장해지고,
詩情老轉新.	시심(詩心)은 늙을수록 다시 새로워진다오.
深蒙知己分,	지기(知己)의 은덕 깊이 입었으니,
趨拜不辭頻.	나아가 배알하며 잦은 왕래 사양할 수 없다오.

약산에서 흥에 겨워(붓을 휘둘러 즉석에서 지었다)[若山謾興(走筆卽題)]

羞將白髮對紅粧,	부끄럽게도 백발에 홍장(紅粧)256)을 마주하니,
其奈春心老轉狂.	춘심에 늙은이의 경망함을 어찌하랴.
江閣月明淸夜好,	강변 누각 달은 밝아 맑은 밤이 좋기만 하니,
更開珠箔喚秋娘.	다시 주렴 열어 가을 각시 부르노라.

---

255) 한(漢) 나라 낙양인(洛陽人)인 가의(賈誼)를 말한다. 가의는 시서(詩書)를 암
송하고 글을 잘 지었으며, 문제(文帝) 때 박사(博士)가 되고 태중대부(太中大
夫)에 이르렀으나 시기하는 사람이 많아 장사왕(長沙王)이 되었다가 나이 겨우
33세 때 죽었다. 능력이 있으나 시기와 모략에 걸려 뜻을 펴지 못한 불우한
사람의 상징적 인물이다.
256) 미인의 화장을 비유적으로 이르는 말인데, 여기서는 약산(若山)의 단풍을 형용
한 말이다.

출처 : 역주 강도고금시선 전집

진혜(贅)는 진(秦)나라 때 집이 가난해 혼인할 수 없는 남자가 처갓집 어릴사위로 들어가는 것이다.

임진왜란과 정유재란을 두 눈으로 현장에서 경험하며 수많은 백성이 죽거나 노예가 되어 생사의 지옥을 보면서 조선사회는 아직도 그 진상조차 제대로 파악하지 못하는 현실을 보며 얼마나 힘들어 하셨을까!~ 비록 도자기는 직접 만들지 않았으나 도자기 보는 안목은 그 당대에 최고로 궁궐 살림을 맡았으니 계급사회에서 성리학의 이상과 현실의 착취구조의 틀을 오가며 일본의 실속 있는 개항정책을 보며 노예무역의 거점 나가사키의 항구를 어떻게 보았을까? 노예매매가 이루어지던 오무라 수용소를 얼마나 슬픈 눈으로 봐야만 했는지... 가히 짐작하기가 어렵습니다.

이런 역사를 되풀이 해서는 안 되는데 아직도 위정자들은 논리를 가장한 권력싸움으로 역사를 바로 세우지 못하는 작금의 현실이 부끄럽습니다. 그저 돈과 권력이면 다 되는 세상은 아닌지요.

당신의 정신을 오늘에 되살려 보고 싶습니다. 어디를 가던, 어떤 상황에 놓이던 정체성을 잃지 말고 함께 살아내야 하는 그 정신을 배우려고 21세기 김포에서, 재금이가 가장 약한 존재지만 자신을 녹여 빛으로 오신, 소금으로 오신 당신의 후예들을 만나보았습니다.

가고시마 방문 이야기

김포에서 스무 살 성년이 될 때까지 살았던 심당길!

1598년 도공이 아니면서 남원에서 도공들과 함께 일본으로 끌려간 심당길이 정착해 살면서 일본 도자기를 세계에 우뚝 서게 한 가고시마는 당길 조상 제2의 고향이 되었다. 샤쓰마 도자기의 명성을 만든 심수관(당길 후손의 고유명사) 가문으로 경제가 살아나는 계기가 되어 가고시마는 부유한 도시가 되었고 심당길을 자랑으로 여기고 있다.

나 역시 김포 약산에서 태어나 스무 살이 될 때까지 살다 잠시 고향을 떠났었다.

다시 고향을 찾아 살면서 당길 조상이 '찬'이라는 호를 가졌다는 단서로 김포에 그의 조상 묘를 찾아낸 일은 청송 심씨 문중이 풀어야 했던 숙제였을 것이라는 생각을 해본다.

심씨 문중과 특별한 인연이 된 가고시마는 나에게도 특별하게 다가오는 도시이다.

그곳을 오늘, 지금 찾아가고 있다.

아! 가고시마!

가고시마행 비행기에 오르기 전 심수관에게 줄 선물을 준비했다.

15대 심수관이 2022년 조상 묘에서 고유제를 지내기 위해 처음으로 고향 땅 김포를 찾았을 때 그에게 한눈에 볼 수 있는 수직 족보(1대에서 12대까지)를 만들어 선물했다.

그리고 2년 후(2024).

그가 있는 가고시마에 가면서 새로운 또 하나의 족보를 선물하기 위해 특별한 준비를 했다.

이번에는 평면적인 종이 위의 족보가 아니고 멀리 일본 땅, 어이없이 끌려간 가고시마 땅에서 4백 년이 훌쩍 지나 지금, 여기, 우리가 하나

가 되었으니 살아 있는 족보를 재현해보자는 취지였다.

　나는 조상 이름을 인쇄한 A4 용지가 든 가방을 들고 가고시마행 비행기에서 내렸다.

　심수관가를 가는 길은 남원에서 일본으로 끌려가 정둘 곳을 모르던 중 고향 땅 남원을 닮아 마음을 붙였다는 말이 고스란히 실감되는 풍광이 이어졌다.

　심수관 집 문 앞에는 태극기와 일장기가 함께 펄럭였고 들어가는 길에는 오래된 항아리들이 즐비했고 그릇을 깬 파편들이 나름의 마당을 형성하고 있었다.

　15대 심수관은 심상억 대종회 총무이사의 기획 아래 심규선(일제강

제동원 피해자 지원재단 이사장, 전 동아일보 편집국장) 단장이 이끄는 우리를 반갑게 맞아주면서 그간의 역사를 간략하게 말해주었다. 기념관, 박물관, 가마 등등을 친절하게 안내해주는데 통역을 맡은 심규선 단장의 유니크한 통역이 우리의 긴장을 풀어주었다.

그다음은 지금 여기에서 살아 있는 족보를 만들어보는 특별한 순서!

37도의 무더위에도 심씨 문중 종가 식구들은 족보 이름을 들고 차례대로 서 주었다.

1대 심흥부에서 수직으로 내려가는 2대, 3대, …12대까지 종문 식구들이 살아 있는 조상이 되어 이름표를 들고 소헌왕후, …왕후는 심규순

교수, 심대실 종문이 들어 주어 살아 있는 수직, 수평 족보가 만들어졌다. 이후 족보는 너무 무더워 만찬장에서 하기로 하고 우리는 일단 그곳을 떠났다.

그날 오후 6시 30분 가고시마 선로열 호텔 만찬장은 낮에 만나 한결 가까워진 친척 심씨 문중들이 서로 껴안으면서 하나가 되었다.

더욱 뜻깊은 것은 그곳에서 하시모토 부부가 처음으로 심씨 문중 사람들을 만나게 된 것이다. 하시모토씨는 유명 전자회사 대표로 심상억 총무이사의 도움으로 심씨 가문 일원임을 알게 되면서 고향, 성 그리고 족보를 갖게 되었는데 그의 표정만 보아도 그가 심씨 문중이 되고 그 일

가를 만나는 일을 얼마나 기뻐하는지 알 수 있었다. 우리는 하시모토 부부를 열렬히, 뜨겁게 환영해주었다.

15대 심수관의 인사에 이어 우리 문중에서 준비한 선물, …증정에 이어 내가 준비한 강화 화문석 전달이 있었고, 답사하는 순서에 따라 나는 답사를 했다.

"심수관 일가는 한국, 일본을 넘어 세계인으로 우뚝 섰습니다. 샤쓰마 도자기로 가고시마를 부유한 도시로 만들면서 일본 경제에도 기여한 참으로 자랑스러운 우리 문중입니다. 이제부터는 한국이 그렇게 될 것입니다."

뒤이어 심수관 집에서 미처 다하지 못한 살아 있는 족보 재현 순서.

수직 족보에 이어 심온 일가의 수직, 수평 족보, 곡산공파의 수평 족보, 심수관 일본 조상이 된 심당길(찬)의 수직, 수평 족보 그리고 심당길 가계의 족보가 그곳에 있는 우리 문중 사람들에 의해 생생히 재현되었다.

어제가 있어 오늘이 있고 그리하여 내일이 있다.

"심수관님은 내 조카뻘이니 난 아주머니예요. 한번 안아볼까요?"

우리 둘이 부둥켜안자, 박수가 터져 나왔다.

당길 할아버지가 이 모습을 보신다면 어떤 마음이실까?

4백여 년 못다 한 설움,

…

"당길 할아버지! 이제 슬픔을 내려놓으시어요. 저희 후손들이 잘 지

35도가 넘는 날씨에 아니 지진까지 경종을 울리는 상황에서 프린트물은 땀에 젖어가고 제 열정은 눈치를 봐야 하고 공부는 해야 하는 상황입니다.

낼게요."

나는 15대 심수관을 끌어안으면서 당길 조상님께 이렇게 속삭이는 마음이 되었다.

만찬이 끝나면서 내가 심수관에게 속삭였다.

"고향 김포에 꼭 오세요."

"네."

그는 헤어지면서 내 가까이 와서 귓속말로 한국 노래를 불러주었다.

그날 깨달았다.

내가 왜 그리도 심당길 할아버지의 궤적을 찾아 전국을 누볐는지….

일본 심수관의 직계 조상인 심당길 조상님 묘가 김포에 있다는 것을 알리려 문중의 좁은 문을 두드렸는지….

고유제를 지내고 지금 가고시마까지 올 수 있었던 것은 말 그대로 조상님이 돌보아주셨기에 가능했다는 생각이 든다.

문중 행사를 찾아다녔던 그 모든 일이 주마등처럼 떠오른다.

내가 책을 쓰는 까닭은 지금, 우리가 중요하지만 나아가 후손들이 조상들의 업적을 기리고 본받을 것은 본받고 고칠 것은 고치면서 한국인, 나아가 세계인으로 청송 심씨가 자랑스러워지기를 소망하기 때문이다.

15대 심수관이 2022년 심우인 도사공 묘에서 고유제를 지내기 위해 처음으로 고향 땅 김포를 찾았을 때, 그에게 한눈에 볼 수 있는 수직, 수평 족보(1대에서 12대까지)를 만들어 선물하며 숙제를 내줬다.

"오늘이라 오늘이라 제물을 차렸다
오늘이라 오늘이라 오늘이구나
위리아방 조선을 잊지 않으리
자나 깨나 잊지 않으리 "

심재금의 삶, 일, 사랑

혼자 길을 걷다가
저만치 앞에서
환하게 웃고 있는 당신을 만났습니다.
사랑이 왔다.

1장

심재금의 어린 시절

할아버지의
슬픔

심씨 집성촌 대곳면 대능리 95번지 청송 심씨 안효공파 23세손 심상궁 할아버지, 24세손 심문섭 아버지의 7남매 중 장녀로 태어났다.

6대를 거치며 양자, 3대 독자로 내려오던 집안에서 딸로 태어나자마자 그분들께 슬픔을 안겨 드렸다.

그러나 내 밑으로 연년생 남동생이 태어나 한순간에 복덩이이자 살림 밑천이 되어 할아버지의 사랑을 독차지하게 되었다.

내가 태어난 후 군대를 가신 아버지를 대신하여 할아버지는 농사를 지으시랴, 문중 제사에 다녀오시랴 쉴 틈이 없으셨는데 문중 제사에 다녀오시면 유난히 한숨을 많이 쉬셨던 모습이 생각난다. 그래도 나는 제사에 가신 할아버지를 마중하기 위해 문밖에서 할아버지를 기다렸다.

좀 더 정직하게 말하면 할아버지를 기다렸다기보다 할아버지가 나를 보자마자 두루마기 주머니에서 꺼내주시는 오강사탕(옥춘)을 기다렸다. 제사상에 꼭 올랐던 그 사탕은 입안에 넣자마자 달콤한 행복을 안겨주

있는데 입안이 온통 빨개져서 몰래 먹을 수 없는 사탕이었다. 하지만 나는 그 오강사탕을 거의 독차지하면서 할아버지의 사랑 또한 확인하는 기회이기도 했다.

제사에서 돌아오신 할아버지는 나를 꼬옥 껴안아 주시면서,

"문중이 그러면 안 되는데… 차암 할아버지가 마음이 언짢구나."

그렇게 말하시면서 한숨을 쉬셨으므로 할아버지의 술냄새 나는 입김이 싫어 고개를 돌리면서도 슬퍼하는 할아버지를 위해 두 팔을 한껏 벌려 안아 드리면서 내 작은 손바닥으로 할아버지의 등을 두드려 드렸다.

심봉택 할아버지께서는 양자로 오셨는데 마나님께서 아들을 낳고 얼마 되지 않아 돌아가셨다. 해서 그 아들 심상긍 할아버지는 외가에서 자랐다. 그간에 어떠한 일이 벌어졌는지 확실하게 알 수는 없지만 집안의 전답이 그러는 동안 많이 없어졌다는 사실이다.

심봉택 증조할아버지께서 붓장수를 하신다며 만주를 떠돌아다니셨다는데 혹시 그 당시 전답을 팔아 독립운동을 하셨는지, 아니면 양자로 보내시고 부모님께서 다 가져가셨는지 아니면 동양척식회사에서 시행했다는 토지개혁으로 전답이 사라졌는지는 알 수가 없다. 왜냐하면 할아버지는 슬퍼하시면서 한숨만 쉬셨지 우리에게 그런 일에 대한 사실, 아니, 진실을 말해주지 않았던 것이다.

나의 증조할아버지

훨씬 나중 내가 컸을 때 증조할아버지가 전답을 팔아 자금을 가져가 만주 벌판을 누비면서 독립운동을 하시고 빈틈을 남겨주셨으면 얼마나 좋았을까, 하는 생각을 해보았다. 그러면 우리가 가난하게 살아도 명분

"세상 사람들은 오늘은 좋은 날씨다.
아니면 나쁜 날씨다 하지만,
일기에 좋고 나쁨은 없다.
모두 좋은 날씨 뿐이다.
다만 종류가 다를뿐.
개여서 좋은 날씨,
비가와 좋은 날씨,
바람이 불어 좋은 날씨,
이렇게 다를 뿐이다.

이 서고 우리 조상이 나라를 위해 재산과 목숨을 바쳤으니 우리 후손도 집안 내력을 내세우면서 무슨 일이 있더라도 애국자 집안이라는 정신무장을 할 수 있기 때문이었다.

재산을 모으는 대신 나라를 사랑하시는 일에 우선권을 두신 일은 보람이 있기 때문이었다. 그러나 심상궁 할아버지께서는 식솔들을 먹여 살리는 일과 한숨 쉬시는 일이 전부였다.

훨씬 후에 그런 할아버지와 아버지를 겨우 이해하게 되었다. 할아버지가 외가에서 돌아오셨을 때에는 전답은 이미 없었을 때였다. 당시 토지개혁으로 땅을 불하받아 농사짓는 일이 가장 급했기 때문이었다.

할아버지는 잘생기고 키도 큰 장남 심관섭을 처음부터 공부에만 전념하게 하고 차남인 우리 아버지 심문섭은 농사를 짓게 했으니, 그 당시의 전형적인 농촌의 모습이기도 하다.

그러나 형님은 6·25 동란의 혼란한 시기에 북으로 가셨다.

내가 한 번도 본 적 없는 나의 큰아버지만 가신 게 아니고 당시는 문중의 젊은이 특히 배운 장손들이 북으로 갔기에 내가 자랄 때는 한집에 시어머니 과부, 며느리 과부가 많았다. 일컬어 쌍과부집이었는데 그 상황은 당시 소위 식자라고 하는 배운 남자들이 모든 사람들이 공평하게 살아야 한다는 공산주의에 빠져들었기 때문이다. 전답을 팔고 집안 재산 목록 1위인 소를 팔아 장남을 유학시킨 집안들 중에 그 일로 가난해진 집안이 꽤 있다.

그 대신 배우지 못하고 집안을 지킨 차남이 건실한 집은 그나마 땅을 지키면서 근근이 살다가 길이 만들어지고 아파트가 생기게 되어 보상금을 받으면서 부자가 되기도 했다.

"못난 소나무가 선산을 지킨다."라는 말이 그래서 생긴 말은 아닐까 생각된다.

큰딸의 참신한
유년기

할아버지의 사랑을 독차지하게 되면서 나에게는 그에 따른 보상이 주어졌다. 집안에서 일어나는 대소사 중에서 할아버지의 마음을 움직여야 하는 일은 내 담당이 되었다.

아주 어린 시절부터 할아버지를 녹여내는 일은 내 몫이었다. 할머니와 엄마는 군대 간 아버지가 휴가 나오시면 나를 불렀다.

"재금아, 할아버지한테 가서 너 고기 먹고 싶다고 해라."

"내가 언제 고기 먹고 싶다고 했어? 근데 꼭 그래야 해?"

그러면 할머니가 눈을 꿈뻑하시면서 내 궁댕이를 두드리면 얼른 눈치를 챘다.

"알았어!"

그런 일은 아버지가 휴가 나올 때마다 메뉴가 바뀌면서 일어났다.

"재금아, 저 개를 잡고 시장에 가서 강아지를 사오자고 하거라."

"재금아, 닭곰탕 먹고 싶지 않냐?"

할머니, 어머니의 의중을 눈치챘으므로 아버지가 나오시면 선수를 치기도 했다.

"할머니, 이번에는 뭘 잡자고 말할까?"

그러면 할머니와 엄마는 웃으셨고 그 임무는 아버지가 군대를 마치고 끝나게 되었다.

아무튼 말을 잘 알아듣는 나의 능력으로 인해 이쪽, 저쪽으로 신임을 받게 되어 아들 같은 큰딸로서 사랑을 받으면서 자랐다.

일곱 형제의 큰딸로 책임감도 커져 스스로도 동생들을 잘 돌봐야 한다는 책임감이 생겼다. 또한 바로 밑 남동생을 잘 길러야 한다는 우리집 어른들 마음도 알아버렸다.

나는 연년생 남동생과 수남초등학교를 같이 입학하고 내 교실인 여자 반으로 가지 못하고 남학생반인 동생반 뒤 빈자리에 앉아 남동생을 지키느라 한 살 아래인 동생 뒤통수를 보면서 공부했다.

나는 남학생들이 대답하지 못하는 문제를 언제나 대답해 눈총을 받았지만 아무튼 공부는 빠지지 않는 성적을 유지했다.

남동생에게 엄마 같은 누나였다. 비가 오면 우비를 입히거나 우산을 남동생 쪽으로 받쳐 들었고 급하면 옷, 양말도 갈아 신기면서 지각하지 않기 위해 동생 손을 잡고 달리기 선수가 되기도 했다.

"알나리 깔나리… 쟤네들은 신랑, 각시다아."

아이들이 그런 우리를 놀리기도 했다. 한번은 우리를 신랑 각시라 놀린 아이에게 사과를 받으려고 집까지 따라가기도 했다.

그 애가 집 안으로 들어가 숨어 버렸으므로 그 애 할아버지에게 가서 자초지종을 말하고 다시는 그러지 못하도록 이르겠다는 할아버지의 약속을 받고 돌아온 적도 있다.

나는 남동생의, 남동생에 의한, 남동생을 위한 누이로서 한 치의 오차 없는 임무수행을 하면서 학교를 다녔는데 할아버지는 가끔 이렇게 혼자 말씀을 하시곤 했다.

"… 재금이가 아들이었으면 … 좋았으련만…"

할아버지는 언문(한글)을 깨친 나에게 제사 때 지방 쓰는 법을 알려주셨다.

"현고 학생부군 신위, 현비유인 ○○○씨 신위…"

나는 무슨 뜻인지도 모르면서 그대로 외워 다음 제사 때 써보라는 할아버지의 명에 따라 쓰기도 했다.

할아버지는 후에 나에게 축문 쓰는 법도 가르쳐주셨다.

그러다 학년이 위로 올라가니 나는 여자반, 남동생은 남자반으로 가게 되어 동생과 한 반이 되어 공부하는 일은 끝나게 되었다.

초등학교 시절

초등학교 6학년 때의 일이다.

건강이 좋지 않아 골골하던 엄마가 끝내는 큰 병을 앓게 되었다.

시부모와 일곱 자식, 그 위에 6·25로 부모 잃은 친정 동생들까지 돌보는 일에 한계가 왔는지 엄마는 서울 큰 병원에 가서 수술을 해야 한다고 했다.

아버지는 병원비를 마련하기 위해 집 안에 있던 쌀까지 내다 팔아 우리 집은 양식 걱정까지 하게 되었다. 엄마가 서울 병원에 가시자 집안 살림의 많은 부분이 내 몫이 되었다.

식솔들 세끼 상 차리는 일도 쉬운 일은 아니지만 문중 제사나 집안

행사에 가시는 할아버지의 두루마기 빨래는 더 큰 문제였다.

한복 두루마기는 쌀겨로 만든 겨비누로 빨아야 하는데 쌀은 거의 모두 내다 팔았으므로 겨를 구하기가 힘들었다. 쌀겨를 구할 수 없으니 양잿물로 빨래를 해야 했다. 헌데 양잿물로 빨래를 하니 손톱 밑이 다 헤지고 말았다.

그 손으로 밥을 하기 위해 물에 손을 넣으면 자지러지게 아팠다. 그러나 그 아픔보다 더한 일은 배고픔이었다. 할아버지와 젖먹이 동생을 위한 쌀 한 줌과 김치를 넣어 밥을 짓고 나면 내 몫의 밥은 거의 남지 않았다. 헌데 그보다 더 시급한 문제가 나를 기다리고 있었다.

졸업을 하려면 수업일수를 맞춰야 했으므로 무슨 수로 쓰더라도 학교를 가야 했다. 나는 막내 아기를 업고 학교에 갔다.

맨 뒤에 앉아 아기가 울지 않기를 바라면서 공부했지만 아기는 칭얼대고 울기도 해 눈총을 받았지만 그래도 선생님과 아이들은 잘 견뎌주었다.

"어휴우~ 똥 냄새! 재금아! 니 동생 똥 쌌나 봐!"

기저귀를 열어보니 똥이 보였다.

아기를 안고 교실을 나와 학교 뒤편 산 쪽으로 가서 뒤처리를 했다. 지금 생각하니 그때 아이들이 놀리지 않고 같이 돌보아준 일이 고맙고 감사하다. 아버지는 엄마 젖을 먹지 못하는 막내를 위해 비싼 분유를 사오셨다. 그 분유를 타다가 한번 먹어보니 맛이 좋았다. 한번 먹고 또 먹다보니 나도 모르게 분유 줄 때마다 나도 먹었다.

엄마가 집으로 돌아오신 후 아기는 영양 부족 때문인지 부스럼이 나기 시작했는데 분유 훔쳐 먹은 일이 마음에 걸렸다.

엄마 품에서

그즈음 아버지는 엄마의 보양을 위해 개를 잡아 가마솥에 삶았다. 아기는 개소주를 하기 전에 꺼내 좋은 살코기 쪽으로 다가가더니 그 고기를 뜯어 먹었다. 그 모습을 보고 살코기를 쪽쪽 찢어서 아기에게 먹였는데 그렇게 한 후 얼마 지나서 아기의 부스럼이 없어졌으므로 개고기가 보양식으로 최고라는 생각을 하게 되었다. 아기 분유를 뺏어 먹은 미안함을 덜 수 있었지만 그 분유사건은 지금도 동생한테 미안하다.

마음의 눈을
뜨게 해주신 선생님

차츰 엄마의 건강이 좋아져 우리 집을 감싸고 있던 먹구름은 걷혀갔다. 하지만 남동생이 중학교에 가야 했으므로 나까지 상급학교에 가겠다고 말하기는 힘들었다. 어머니가 서울 병원에 있을 때 밤중에 아기를 업고 언덕에 올라 서울 삼각산을 바라보면서

"울 엄마, 나아서 집에 오게 해주세요. 우리 아기를 봐서라도 우리 엄마를 살려주세요."

보이지는 않지만 누군가를 향해서 간절하게 울면서 빌었다. 그리고 마침내 엄마가 돌아왔을 때 그렇게 빌었던 게 효과가 있다고 믿게 되었다. 그 후 힘든 일이 생기면 뒷산에 올라가 보이지는 않지만 분명히 계시는 어떤 신령한 힘께 기도하게 되었다. 어느 날 뒷산에 올라가 중학교에 가고 싶다고 기도했다.

그 당시는 중학교를 시험 쳐서 들어갔다. 중학교 진학을 앞두고 있는 어느 날 이택수 담임 선생님이 우리 집에 오셨다. 집안 어른들이 있는 앞에서 선생님이 말씀했다.

"재금이가 지난번 배치고사 성적이 잘 나왔습니다. 공부를 잘하니 시험을 잘 보면 장학생으로 공부할 수가 있습니다."

기회는 이때였다.

"네, 선생님 말씀대로 장학금으로 공부할 테니 두고 보세요. 부모님이 등록금 염려는 하지 않으시도록 할게요."

나는 큰소리를 쳤다. 그런 후 정말 시험을 치고 장학생이 되었다.

"학비가 들지 않는다니 가지 말라는 말은 하지 않으마. 그러니 중학교 가는 일은 네가 결정하거라."

그렇게 하여 양곡중학교 학생이 되었다.

그러나 매번 장학생이 되는 일은 쉽지 않았다.

또 지필고사 80%, 평소성적 20%로 규정이 바뀌는 바람에 어느 과목 하나라도 선생님께 잘못 보이면 장학금을 받을 수 없는 상황이어서 나는 살얼음판 같은 나날을 보내야 했다. 그렇다고 장학금을 받지 못해서 도중하차를 할 수는 없었다.

나는 고민을 하다 중3 때 '지난이' 마을에 입주과외를 하면서 내 장담대로 부모님 신세를 지지 않고 중학교를 졸업하게 되었다. 헌데 고등학교는 장학생이 된다는 보장이 없었으므로 스스로도 무리였다. 그러나 나는 꼭 공부를 하리라 결심했다.

당시 김포 양곡종합고등학교 시스템은 대학을 가는 보통과(지금의 인문과)와 상과(취업), 전자과로 나뉘었다.

남동생은 당연히 대학을 가야 했기에 보통과, 나는 장학금을 받아 공부하여 취직을 해야 함으로 상과를 선택했다. 그러나 1년 상과를 다녀보니 상과가 나에게는 맞지 않는다는 판단이 섰다.

우선 취직을 하려면 얼굴, 체형이 받쳐줘야 해서 취직은 무리라는 판단이 섰던 것이다. 나 같은 스타일은 오로지 실력으로 승부해야 한다는 생각이 들었다. 나는 동생과 의논했다.

"큰 동생아, 아무래도 나는 교대를 가 선생이 되어 네 학비를 댈 테니 네가 전자과를 가고 내가 보통과를 하는 게 맞는 듯하다. 그렇게 하자!"

동생은 내 말에 수긍해서 우리는 둘이 의기투합하여 과를 바꾸었다. 그렇게 하고 보니 장학금 아니고는 학자금 해결하는 게 쉽지 않았다.

"어떤 방법이 있을까?"

나는 학교에서 주는 장학금은 1등을 하지 못하면 위험한 것이므로 좀 더 보장이 되는 장학금을 타는 게 중요했다. 이 문제를 해결하기 위해 골몰했다.

"어떤 길이 있는가?"

골똘히 생각하던 중 불현듯 한 가지 길이 떠올랐다.

세상을 살아가는데 학연, 지연이 중요하다는데 내게 학연은 아직 형성되어 있지 않았으므로 지연, 그러니까 고향 사람 중에 실력자를 찾아보는 게 좋겠다는 생각이 들었다.

김재춘 국회의원 사무실을 찾아

당시 우리 동네 대곳 대릉리에서 태어난 인물 중 , 초대 안기부장을 하고 그 당시는 국회의원을 하는 김재춘 의원이 계셨다. 나는 김재춘 의원에게 부탁하기로 결심하고 그분의 사무실을 찾아 나섰다.

사무실 주소는 을지로 신성빌딩, 전깃불이 들어오지 않는 시골에 살던 촌년이 엘리베이터를 타려니 참으로 난감했다. 엘리베이터를 타는 사람을 따라 안으로 들어가서 여러 번 다른 사람들이 하는 것을 살펴보았다. 그런 후 김재춘 의원 사무실이 있는 층을 누르는 사람을 만나 마침내 그 사무실 문을 노크할 수 있었다.

비서실 직원이 의원님은 계시지 않고 바쁘셔서 만날 수 없으니 용건을 말하라고 했다. 계속 꼭 뵙고 드릴 말씀이 있다면서 버텼으나 비서관이 식당에 데리고 가서 냉면을 사주면서 다음에 오라고 했다.

나는 꼭 만나 사정을 얘기하리라 결심한 터였으므로 그냥 물러날 수는 없었다. 전화번호부에서 김재춘을 찾았는데 전국에 동명이인 김재춘이 그렇게 많은지 그때 처음 알았다.

의원님이면 부자동네에 살 것이라 여기고 당시 부자동네인 후암동을 찾아갔다. 복덕방에 들어가 고향에서 왔는데 초대 안기부장 김재춘 의원에게 전할 말이 있어서 왔다 하니 집을 알려 주었다. 드디어 집을 찾고 벨을 눌렀다. 누구냐는 질문에,

"김포 대곶 대릉리 고향에서 전해 드릴 말씀이 있어서 왔어요." 했더니 벨을 눌러 주는 소리가 들려 안으로 들어가려 하니 문이 꼼짝도 하지 않았다.

"문이 열리지 않아요." 내가 인터폰에 대고 말하자

"문 가까이 서면 열립니다."라는 소리가 들려와 문 가까이 다가가니 문이 돌아가면서 나를 안쪽으로 들여놓았다.

그렇게 생전 처음으로 회전문으로 들어간 것이었다. 곱고 우아한 모습의 사모님은 고향에서 왔다는 자그마한 촌년의 이야기를 경청해 주었다.

"의원님께서 고향 학생들을 위해 장학금을 주시면 고향발전에 큰 힘

이 되도록 노력하겠습니다. 저에게 공부할 수 있는 기회를 주시면 의원님을 위해 일할 것이고 고향 학생들에게는 큰 힘이 될 것입니다."

정확히 기억나지는 않지만 고향 후배들을 위해 공부할 수 있는 길을 터주실 것을 간곡하게 부탁드리는 말을 했다.

"의원님께 잘 말씀 드릴게요. 공부하겠다는 학생을 도와 드려야 하고말고요." 하면서 사모님은 사람을 보내겠다는 약속까지 해주었다.

얼마 지나지 않아 학교에 정말 김재춘 국회의원이 보낸 사람이 찾아왔다. 그 사람은 경기도에서 지원하는 4개의 직업학교 중 하나를 양곡종합고등학교에 둔다는 것이었다. 학교에서는 이 엄청난 행운에 비상이 걸렸다. 그리고 이휘문 교장선생님께서는 나에게,

"재금이는 학비 걱정은 하지 말고 공부를 열심히 하도록 한다."라고말씀했다.

나는 그 말을 듣고는 '서울대학교는 가지 못해도 이화여대는 간다!'고 결정하고 이 결심을 주변에 퍼뜨린 후 학비 걱정이 없어졌으니 스트레스 없이 공부에만 매진했다. 나는 괜히 우쭐해서 '이대 정외과 장학생'을 맡아놓은 당상인 듯 당당한 자세로 공부했다. 우리 고향에서는 여자애가 한번도 들어가지 못한 이화여대 학생이 되어 돌아오겠다면서 꿈을 안고 공부했다.

그렇게 고향의 일꾼으로 성장할 것만 같았다. 시월 유신이 선포되면서 모든 공무가 정지되는 바람에 또 학비 못 내는 학생이 되고 말았다. 그러나 학교에서는 입학원서는 써주었다.

혼돈의 계절

이대 정외과에 떨어졌다.

따 놓은 당상처럼 자신만만했는데 보기 좋게 떨어졌으니 얼굴을 들수가 없었다. 하느님이 공부 좀 한다고 교만이 꽉 찬 심재금이를 한방에먹인 것이다. 얼굴을 들고 고등학교 졸업식에 갈 수가 없었다.

졸업식 날 일찍 집을 나서 학교 뒷산 공동묘지가 있는 곳으로 갔다.부모님은 아들과 딸이 함께 하는 졸업을 축하하기 위해 졸업식장에 오셨지만 나를 찾을 수는 없었다.

학교에서는 나에게 공로상을 준비했지만 주인공이 없어서 공로상을수여하지 못하고 나중에 부모님께 주었다. 졸업식이 진행되는 그 시간에 공동묘지 사이 눈밭에 엎드려 울고 있었다. 아무리 생각해도 나는 얼굴을 들고 동네를 다닐 수가 없다는 생각이 들어 집으로, 학교로 갈 수가 없었다. 아무도 모르는 곳에 가서 다시 공부해서 성공하고서야 고향에 오겠다는 마음으로… 기차역으로 향했다. 그때까지 기차를 타본 일은 물론 기차를 본 적도 없었다.

황순원의 책 『소나기』 작품을 통해 알게 된 양평 그리고 얼마쯤 달리니 양평역이라는 팻말이 보여 그곳에서 내렸다.

절에 가서 밥을 해주는 공양주가 되면 숙식은 해결할 수 있을 터였으므로 용문사로 향했다. 용문사에는 공부하는 사람들이 많이 있었다.

"스님? 저 사람들은 무슨 공부하는 사람들이에요?"

"사시공부를 하는데 재수, 삼수는 일도 아녀. 여기서 십 년째 하는 사시생도 있어... 그 병에 걸리면 헤어 나오지 못하니, 츠츳... 아가씨도 고시공부하려고?"

"아녜요."

한참 절 주변을 돌아보는데 사람들이 하는 말이 들렸다.

자기 조카는 재수했는데 연대를 떨어졌느니, 삼수했는데 또 서울대를 떨어졌다는 말도 들렸다. 온통 떨어졌다는 말만 들렸다.

나는 속으로 절에는 붙은 사람은 오지 않고 떨어진 사람들만 오는 곳이라는 생각을 하면서 발길을 돌려 기차를 타고 다시 고향 김포 대릉리 집으로 돌아왔다. 오직 개만이 나를 알고 꼬리를 흔들어 주었다. 그리고 다시금 서울에서 공부할 수 있는 길을 찾기 시작했다. 먹고 자면서 공부할 수 있는 길은 숙식과외가 제일 좋은 방법이었다. 아는 연고를 떠올려 보았다.

그러자 당시 서울에서 동아타자학원을 하는 친척집이 생각났다. 나는 그 집을 찾아갔다. 집안일을 돕고 아이가 있으면 괴외공부를 해줄 수 있다면서 내가 중3 때 입주과외를 했던 경력도 이야기했다. 그렇게 하여 그 집에서 가사를 도우면서 타자학원을 다니기 시작했다.

그러나 여러 가지를 하다보니 능률이 나지 않았다. 나보다 어린 그 집 학생이 이차방정식을 푸는 문제를 놓고 절절맸다.

"동생 이렇게 해볼래(이차방정식 쉽게 가르친 방법 이곳에 쓴다)."

그 애는 내 설명을 듣더니 이해했지만 어이없다는 듯 나를 바라보았다. 그리고 멋쩍은 듯 책을 덮고 방을 나가면서 우유를 갖다달라고 했다. 한번도 마셔보지 못한 우유 맛이 궁금했다. 그래서 냉장고에 있던 우유를 컵에 가득 따라서 먼저 내가 마시고 부족한 부분을 수돗물로 채워 갖다 주었다.

"… 어? 우유에서 수돗물 냄새가 나네 …"

지금 같으면 내가 맛 좀 봤다고 이실직고 하겠지만 그 당시는 당황하고 쩔쩔매면서 얼른 그 자리를 피해버렸다. 식모에 가까운 김포 촌년의 서울살이는 그렇게 흘러가는 중에 모교 양곡종합고등학교 교장 선생님이 나를 찾으신다는 연락을 받게 되었다. 교장선생님은 이대 정외과 떨어진 후 두문불출하는 나를 꾸짖으셨다.

"재금아, 꼭 서울이 아니라도 공부하면 된다. 우선 네가 해줘야 할 일이 있다. 하성에 고등공민학교가 세워졌는데 일단 그곳에서 아이들을 가르쳐보거라. 거기서 경력 쌓으면서 우선 준교사 자격증을 따고 그런 뒤에 가고 싶은 대학 가서 교사 자격증도 따고 하면 되는데 재금이답지 않게 그게 뭐냐? 재금이 패기 다 어디로 갔어?"

"죄송해요… 그렇게 하겠습니다."

고등공민학교 선생으로
그렇게 해서 나는 고등공민학교 선생이 되었다.

가르치는 일은 곧 배우는 일이어서 가정부처럼 사는 일보다는 괜찮은 듯했다.

헌데 막상 고등공민학교에 가보니 한 과목만 가르치는 게 아니라 거의 모든 과목을 가르치는 전천후 선생이 되어야 했다. 내 공부를 할 틈은 일도 없으니 이러다가 공민학교 선생으로 끝날 것 같은 생각이 들었다. 그해 대학입시를 위한 예비고사를 본다고 정했으므로 어리바리 그곳에 있으면 안 될 것 같았다.

한 학기를 마치고 여름방학이 끝나기 전에 사표를 내고 다시 서울로 향했다. 그리고 종로학원에 들어가려니 돈이 택도 없었다. 진학사 독서실을 찾아 그곳에서 3개월 남은 예비고사 준비를 본격적으로 시작했다. 시간이 없었으므로 독서실에서 식빵과 물로 배를 채우면서 공부했다. 그런 어느 날 옆자리의 여학생이 자기 도시락을 함께 먹자고 했다. 석 달만에 처음으로 먹은 김치가 얼마나 맛있는지 그 김치 맛은 지금도 그리워진다.

"나 이렇게 맛난 김치는 첨이야."

"몇 달 만에 먹는다며? 그러니까 맛있는 거지!"

"그런가? 암튼 이 김치는 하늘이 내려준 음식이야."

"넌 말도 잘하네, 헌데 어떻게 식빵으로만 버틸 수 있니?"

"3개월만 그럴 거니까 괜찮아, 언제까지나 그렇게 하라면 절대로 못하겠지만…"

"너 김포에서 왔다고 했지? 김포사람 의지가 대단하네…" 나 때문에 그날은 김포가 올라갔다. 그 친구는 그 후에도 그 김치를 먹을 수 있게 해주었다. 그래서 식빵과 물로 배 채우던 나에게 영양결핍을 면하게 해주었다.(그때 연락처를 알아뒀더라면 해마다 그 친구에게 쌀과 김치를 보내줬을 것이다.)

그해 내가 예비고사를 보는 곳은 인천이었다. 문득 내 차림을 보니 한숨이 나왔다. 서울에 올 때가 여름이었으므로 앞뒤가 터진 샌들을 신고 왔었는데 신발 살 시간은 없었다.

샌들을 신고 서너 달 감지 않은 머리는 떡이 되었으니 하는 수 없이 머플러로 머리를 감쌌다. 인천 가는 버스에 오르니 사람들이 나를 힐끗힐끗 바라보았다. 그들은 나를 살짝 머리가 돈 여자애로 여기는 듯했다. 또 냄새가 나는지 코를 막으며 내 옆을 피하려 했다. 시험 보는 11월의 그날 눈이 펑펑 내렸다.

선생님이 내민 손

　나는 특별히 공부를 열심히 하지 않았지만 언제나 성적은 괜찮은 편이었다. 특히 달달 외우는 과목보다는 산수(수학)를 잘했는데 그건 기본 원리를 터득하는 능력 때문인 듯했다. 그 능력(기질)은 부모님이 물려주신 것이다.

　그 능력으로 중3 때도 입주과외를 할 수 있었는데 아이가 실력이 오르기 때문에 과외선생으로 인정을 받았다. 내가 제일 취약한 과목은 영어였으니 공부 쪽에서도 시골티를 내는 듯했다.

　인천에서 예비고사를 본 후 본고사를 치르기 위해 다시금 머리를 감싸고 대입시험에 대비했다. 물론 목표는 이대 정외과. 나를 아끼는 사람들은 고등공민 선생 자리를 박차고 서울 진학사 독서실에서 두문불출했던 3개월의 내 행적을 모르고

　"꼴통 심재금이가 또 어디로 사라졌을까?"

　궁금해하기도 했다는데 다시금 대입시험을 위해 재수하는 모습에 재금이답다고 고개를 주억거렸다고 한다. 집에서도 계집애가 대학은 무슨

133

얼어 죽을 대학이냐고 으름장 놓는 대신 쟤는 한다면 하니까 내버려두는 쪽을 택했다.

부모님이야 당신들 신세 지지 않고 내가 알아서 한다니까 굳이 말리지는 않았지만 고등공민 선생하다가 교사자격증 따 선생을 하면서 동생들 뒷바라지 해주기를 바라고 계실지도 몰랐다.

하지만 나는 대학에서 정외과를 공부하고 당시 대한민국에서는 아직도 요원한 양성평등에 관한 문제로 고민하며 당당하게 맞서 싸워야 한다는 생각을 했으므로 누가 뭐래도 정외과였다. 서울대 법대나 정외과, 그리고 고대나 연대는 실력으로 되지 않을 게 뻔했으므로 여자대학에서는 최고인 이화여대를 고집한 것이다.

그런 나름의 투철한 의지가 있었으므로 이대 정외과를 떨어졌을 때의 절망감은 너무나도 컸다. 사실 있는 대로 고백하자면 낙방소식을 들은 그날 술을 마시고 취했다. 불합격 소식을 듣고 집으로 들어갈 수가 없었던 것이다.

부모님이나 주변 사람들에게 큰소리 빵빵 쳐서가 아니라 내가 나에게 실망해서였다. 솔직하게 말하면 나는 떨어진다는 생각을 하지 못했던 것이다. 그날 소주 25도짜리 한 병을 주머니에 넣고 동네 묘지 근처에 있는 방공호에 들어갔다. 그리고 병 위쪽을 돌로 쳐서 열고 한 병을 다 마셨다.

체질상 술을 마시지 못하는데 어떻게 그 독한 소주를 한 병 다 나발을 불었는지 이해되지 않는다. 그날 방공호 안에서 일어난 사건은 내 생애에 처음이자 마지막 음주로 기록된다.

아무튼 1년 후 다시 이대 정외과를 목표로 정해놓고 머리끈을 질끈

동여맸다.

그런 즈음에 양곡에서 영어를 가르치시다가 명지대 교수로 가신 이범국 교수님이 나를 불렀다.

"재금아, 너 또 정외과가 목표냐?"

"네, 다시 도전해보려고요."

선생님이 그런 나를 한참 바라보시다가 내 이름을 조용히 불렀다.

"재금아, 이대는 여건이 되면 언젠가는 갈 수 있다."

잠시 침묵이 흘렀다.

"명지대는 생긴 지 얼마 되지 않은 미션스쿨이어서 조건이 좋단다."

나는 고개를 저었다.

"네가 정외과보다는 국문학을 전공하는 게 좋겠다는 생각이 든다."

선생님은 그렇게 말씀하시면서 장학생으로 공부할 수 있다는 조건도 말씀하셨다.

"전, 글 쓰는 데 소질이 없는데요."

"국문과는 글 쓰는 공부를 하는 곳이 아니다. 물론 국문과 출신이 작가가 많이 되니까 작가 배출하는 곳인 줄 아는데 국문과는 진정 우리나라에 대한 깊은 공부를 하는 과란다."

그러시면서 선생님은 정외과는 영어를 잘해야 하고 당신이 알기에 이대 정외과는 외교관 집안의 아이들로 거의 다 포진이 되어 있다는 언질도 해주었다.

나는 무슨 일이 있어도 '정외과'라는 생각이 흔들렸다.

특히 영어를 잘해야 한다는 말에 기가 팍 죽었다.

선생님은 나를 가르치셨으므로 나를 잘 알고 계셨고, 또한 새로 생긴 대학이 실력 있는 학생들을 맞아들이는 일은 학교발전에도 좋은 일이었다.

잠시였는데 나로서는 한참 시간이 흐른 듯했다.

"재금아, 지금 결정하지 않아도 된다."

"아뇨, 선생님....저 국문과 갈게요."

그렇게 대답하고 나니 오히려 마음이 후련해졌고 선생님 덕분에 분수도 모르고 나대던 나의 교만에 종지부를 찍게 되었다.

학교, 학과등이 성에 차지 않은 채 대학생활을 출발했지만 1년은 학교, 1년은 돈벌고 하며 남자들이 군대 갔다 온 셈치고 시골의 엄마 환경도 바꿔 들여야겠다고 결심했다.

2장

젊은 날의 초상

책임을 져야 하는
스무 살

대학생이 되어 처음 한 일은 서울에 거처를 정한 일이다. 당시 등마루(등촌동)에서 자취를 하며 민성전자에 다니는 친구를 찾아갔다.

"인옥아, 우리 함께 자취하자. 방값은 반반씩 내고 쌀은 내가 가져올게."

"그러지 뭐."

친구는 달갑게 생각하지 않으면서도 좋다고 했다. 자기는 공장에 다니고 나는 대학생인 게 싫을 수도 있겠다 싶었지만 그런 친구에게 잘난 척하지 않고 잘하리라 다짐하면서 우리들의 공동 자취생활은 시작되었다.

나는 여대생이 되어서인지 처음으로 옷차림에 신경을 썼다. 그래서 당시에 유행한 하늘하늘한 쿨론 치마와 옷을 사고 구두도 마련했지만 딱히 갈 데가 없었다. 그러던 중 주인집 아이가 모르는 문제를 물어왔다.

"이건 이렇게 풀면 좋아."

원리를 쉽게 설명해주고 답을 주자 그 아이는 밝은 얼굴이 되었다.

그 일을 계기로 주인집 아저씨가 자기 집 아이를 가르쳐달라고 부탁해왔으므로 나의 과외 알바는 시작되었다.

나는 중3 때 입주과외로 자립을 한 적이 있었으므로 가르치는 일에는 자신이 있었다. 특히 수학은 기본 원리를 아이 수준에 맞는 말로 짚어주면 금방 알아들어 실력이 향상되었으므로 능력을 인정받았다. 주인집에서는 자기 집 아이들 셋을 다 가르쳐달라는 부탁을 해왔다. 나중에 안 일이지만 그 집에서는 처음에 과외를 부탁해올 때 내가 대학생이어서라기보다 이대 정외과를 봤다는 사실과 암암리에 소문이 퍼져 부탁했던 것이었다. 그뿐이 아니었다.

그 집에 대학생 총각 처남을 염두에 두고 처남댁으로 점찍었었다는 사실도 알게 되었다. 내가 그 집에 세 들어 사는 사람의 사정을 듣고 제사에 지방을 써준 후에 생긴 일이었다. 그 집 할아버지는 내가 지방을 쓸 줄 안다고 하자 놀라면서 본관을 물어보셨다.

지방을 쓰지 않고 지내는 집은 사진이라도 있는데 6·25를 겪은 세대로서 지방을 쓸 줄 모르고 사진 한 장 없는 집들도 많았다. 어려움을 겪은 세대라 설움과 그리움은 더욱 절실해 조상께 인사라도 드리고 싶지만 벽에 대고 절을 할 수도 없었다. 우연히 대화하다가 내가 어린 시절에 할아버지한테 지방, 축문 쓰는 법을 배웠다는 말을 했다. 그런데 그 집 할아버지가 추석을 앞두고서 세 들어 사는 사람들이 지방을 쓰지 않고 차례를 지내면서도 뭔가 찜찜해하는 사정을 아시고서는 부탁을 해오셨다.

나는 창호지를 길다랗게 자른 후

"현고 학생부군 신위."

이렇게 한문으로 쓰고는 "조상님이 무슨 감투를 쓰신 게 있으면 그 이름을 쓰면 된다고 말했다.

"면장이나 하셨을라나? 그냥 학생신위부군이라 쓰면 되겠구만."

하시면서 지방을 척척 쓰는 나를 특별한 눈길로 바라보면서 '으음, 청송 심씨라고 했지? 청송 심씨는 본래 양반인데 양반 후손답네그려…" 하시면서 그 후부터는 나를 대하는 게 사뭇 달라졌을 뿐만 아니라 노골적으로 자기네 총각 얘기를 은근하게 하기도 했다.

아무튼 나는 입주과외를 하면서 지방 써준 일로 칙사대접을 받게 되었으니 할아버지가 이런 앞날을 바라보시고 나에게 가르쳐준 일은 아닌지 오묘한 힘을 느끼기도 했다. 그 집에서 세 들어 사시는 분들이 나로 인해 지방을 붙이고 차례를 지낸 이후로 월남하신 그분들이 고맙다면서 한 상을 잘 차려주시기도 했다. 아는 게 힘이라더니 배워두면 다 써먹게 되는 이치를 깨닫고 상부상조의 따스함도 깨닫게 되었다.

심상궁 할아버지가

"재금이가 하나 달고 나왔으면 얼마나 좋았을꼬."

혼잣말을 하시면서 지방, 축문 쓰는 법을 가르치신 할아버지. 그리고 시제에 다녀오시면 오강사탕을 주시면서 슬픈 표정을 지으시던 모습이 떠오르면서 '이제는 세상이 달라졌으니 여자라도 똑똑하면 아들 몫을 할 수 있다고 다짐하면서 두 주먹을 쥐었다. 나를 막내며느리로 삼고 싶어 하는 그 집에서 편안하게 대학생활을 하면서 돈도 모을 수가 있었다.

처음부터 편안했던 건 아니다. 가장 힘들었던 자취시절엔 시험을 보러 학교에는 가야 하고 차비는 없고 해서 종항도로 민성전자 앞에서는 이런 일도 있었다.

그냥 갈 수 있는 길은 공짜로 차를 얻어 타는 일인데 여대생 신분으로 망설임이 앞섰다. 그러나 차는 타야 했다. 기왕 얻어 탈 바엔 자장 좋고 확실한 차를 타야 자존심도 덜 상하고 밑져야 본전이라는 생각으로 도로 가까이에서 가장 좋은 차를 향해 손을 들었다. 보기 드문 으리으리한 차가 멈추었는데 운전기사만 있어 사정 이야기를 했더니 가는 방향이 같다면서 타라고 했다.

"고맙습니다. 시험시간에 맞춰야 하기에…" 제2 한강교를 건너는데 중간에 헌병들이 거수경례를 하는 것이 아닌가?

내가 어리둥절하자 기사님이 친절하게도 이 차는 민복기 대법원장님 차인데 대법원장님이 외국에 나가시게 되어 공항에 모셔다 드리고 가는 길인데 아가씨가 길 가운데로 나와 차를 세우는 바람에 얼마나 급했으면 그랬을까 싶어 차를 태워주었다는 설명까지 해주었다.

속으로 좋은 차 세우기를 잘했다는 생각을 했고, 가는 도중 거수경례까지 받아서인지 그날 시험을 잘 봤다. 학교에서는 장학생으로 입학해 학비 걱정이 없는데다 과외비를 넉넉하게 주어 돈이 모아졌다. 나는 돈이 얼마쯤 모아지자 학교에 휴학계를 내고 고향으로 내려갈 채비를 하고는 안채로 들어가 할아버지 앞에 앉았다.

"할아버지, 제가 고향에 내려가야 하는 일이 생겨서 학교를 휴학했어요. 이제 아이들도 공부를 잘하니까 제가 가르치지 않아도 잘 따라갈 것이고요. 그리구… 제가 지방은 넉넉하게 써놓고 갈 테니 그걸 쓰시면 돼요."

그렇게 말하고는 지방을 열 장 정도 미리 써서 드리니 할아버지는 내 손을 잡으시고는,

"학생! 꼬옥 다시 우리 집으로 와야 해요. 다른 집으로 가면 안 되는 것 알지? 꼬옥..."

할아버지는 내 손을 잡으시고는 당부에 당부를 거듭하면서 용돈을 후하게 내 주머니에 넣어주셨다. 그동안 모아진 돈을 가지고 고향집을 찾았다. 그때까지도 우리 집은 두레박으로 물을 길어 올려 밥을 해먹고 빨래를 했다.

나는 부엌부터 입식으로 뜯어 고쳤다. 가마솥 거는 부뚜막 한 개를 남겨두고 엄마가 편하게 일을 하도록 입식으로 고치고 수돗물을 끌어들이는 작업을 했다. 그리고 뒤란도 손을 보고 우물이 있는 안마당도 수도 시설로 바꾸는 등 그 당시 서울에서 볼 수 있는 소위 신식 스타일로 바꾸었다. 그뿐만이 아니다.

나는 엄마에게 당시 유행하기 시작한 열두 자짜리 자개농도 사드렸다.

그러자 동네에서 이상한 소문이 돌기 시작했다.

'어휴우...재금이가 술집에 나갔는지 돈을 솔찮게 벌어왔다는구먼."

"걔가 술집은 아니고. 돈 많은 집 세컨드라나, 뭐라나, 그런 걸 했다는 것 같던데."

"아휴우. 재금이가 그럴 주제가 되남. 그게 뭐냐, 서울 부자 집 아이들을 가르쳐서 돈을 많이 받았다고 하던걸."

아무튼 나는 엄마가 살림하기 편하도록 수리를 한 게 좋아서 그러거나 말거나 개의치 않았다. 아무래도 가르치는 일이 팔자에 있나 보았다.

나보다 두 살 아래인 남자에게 대학입시를 위한 상담과 공부를 가르쳐야 하는 일이 생겼다. 그 집에서는 장남의 대학입시가 아주 절실한 당면과제였다. 간절하게 부탁하는 한 마을의 청송 심씨 문중의 먼 촌, 심재원 동생의 요청을 거절할 수 없어 가르치겠다는 약속을 하고 말았다. 오지랖이었다.

그 당시 심재원이는 서울 친척집에서 중, 고등학교를 다니고 〈흙에 살리라〉 노래를 부르며, 대입을 포기한 후 시골에 내려와 시골농촌 생활을 해보고자 말 그대로 귀농한 젊은이었다. 그러나 꿈과 현실이 다르다는 것을 알게 되자 돼지, 농사 다 버리고 아무래도 대학을 나와야 한다는 절박함에 다시금 서울행을 준비하고 있었다.

청춘의 덫

　나는 남동생의 전천후 과외선생이 되었다. 수학은 철학처럼 개념을 알고 풀어나가면 재밌고 쉬운 과목이다. 그렇지만 기본 개념을 이해하지 않은 채 미분, 적분을 풀어 나가려 하면 어려운 과목이 된다.

　재원에게 방정식 기본원리를 가르쳤다. 재원이가 물어오는 문제를 내가 언제나 간단 명료하게 풀어주니, 본래 공부하던 학생이어서 실력이 향상되었다. 나 역시 학생이 잘 알아듣자 가르치는 재미가 있었고 거의 모든 과목을 짚어주는 전천후 과외교사가 됐다.

　재원이는 연대 영문과에 떨어진 후, 갈등을 느끼면서 고민에 빠졌다. 이대 정외과에 떨어진 후의 나의 고민을 보는 듯했다.

　"재원아, 꼭 그 대학에 가고 싶으면 편입으로라도 언제든 갈 수 있어. 하지만 나이가 있으니, 후기를 보는 게 좋아, 싫으면 그때 때려쳐도 되잖아."

　나는 재원에게 외대 원서를 사다 주면서 재원이의 마음을 돌리려고 애를 쓰면서 이범국 교수님이 떠올랐다.

"아, 그때 교수님의 마음이 지금 나의 마음이었겠구나."

재원이는 나의 진정성에 마음이 움직였다.

그런 즈음 재원에게 영장이 나왔다. 징집을 연기할 수도 있었으나 어차피 해야 할 의무라면 먼저 하는 게 좋았다.

"재원아, 매는 빨리 맞는 게 좋다잖아? 군복무 마치고 삽빡하게 대학생활하는 게 좋겠다. 안 그러냐?"

"그렇게 할게"

남동생이 군대에 간다는데, 이상하리만치 서운했다. 재원 역시 입대로 인해 나와 헤어지는 게 싫은지 "연기할까?"라고 말하기도 했는데, 나역시 붙잡고 싶은 마음이 속으로 일렁이기도 했지만 나는 계속 매는 먼저 맞아야 한다고 강조하면서 동생의 등을 밀었다.

나는 동생을 역까지 바래다주면서 배웅의 포옹을 했다.

"이제 정말 사나이가 되네… 잘 다녀와!"

그는 나의 손을 놓지 않은 채 나를 꼬옥 안았다.

7709부대에 배치된 재원이

재원이는 기갑학교를 거쳐 7709부대에 배치되었다.

당시 7709부대는 알파, 브라보, 찰리 등 세 곳으로 재원이는 문혜리에 있는 알파 기갑부대에 소속된 군인이 되었다. 군인이 된 지 얼마 되지 않은 때, 안양시가 물에 잠기는 물난리가 나던 그즈음에 불길한 소식이 날아들었다. 재원이는 휴가가는 동료를 통해 자신이 영창에 가게 되었다는 소식을 나에게 알려왔다.

어떠한 사연인지는 모르나 나는 우선 수습, 나중에 진실을 파악해야 했다. 나는 해결할 수 있는 길을 찾기 위해 모든 인맥을 동원했다. 마침 우리 국문과 친구 오빠가 7709부 대장을 하다가 국방대학원에서 공부하고 있다는 사실을 알게 되었다. 마침내 길이 보인 것이다.

나는 그 친구와 함께 오빠를 찾아갔고 오빠는 재원에게 오해가 씌워져 영창행을 할 수도 있는 그 일의 진실을 밝히고 재원이는 영창 대신 부대를 옮기는 것으로 해결되었다. (그때 그 친구에게 감사인사를 제대로 하지 못한 게 못내 아쉽다.)

그 일을 통해 재원이는 나에게 같은 고향, 이웃친척 누나의 친근한 감정보다는 그 이상의 특별한 감정이 있다는 것을 알게 되었다. 나 역시도 재원에게 특별한 감정을 갖고 있다는 진심을 알게 되었다.

재원이는 나를 같은 마을 공부 잘 가르쳐주는 고마운 누이에서 여자를 발견했고, 나는 재원이가 청송 심씨 문중의 보살펴줘야 하는 동생에서 언뜻언뜻 남자로 보이기 시작했다. 재원이는 휴가를 나오면 고향집보다는 나에게로 왔다. 나는 속으로 '그래, 군인이니까 봐주자.' 하면서 제대하면 우리는 원위치로 돌아가야한다고 다짐했다.

그런 즈음에 중매가 들어왔다.

상대는 공무원으로 비서관급이라는데 그 당시는 비서관급이 어떤 위치인지 알지 못했지만 좋은 자리인 것 같았다.

그는 의사인 아버지가 위독하신데 막내아들 결혼을 보고 죽어야 한다는 집안 사정으로 결혼을 서두르면서 당시 동부이촌동 아파트에 웬만한 가구는 다 있으니 몸만 오면 된다고 했다.

단 한 가지 시댁 선물을 위해 5백만 원을 준비하면 된다고 했는데 당시 5백만 원은 웬만한 혼수를 하고도 남을 만큼 큰 돈이었고 과외선생의 나로서는 허리가 휘는 액수였다. 그날도 선본 남자와 소위 데이트를 한 날인데 그가 나를 신촌터미널까지 배웅을 해주었는데 다행히 막차가 나를 기다리고 있는 듯 서 있었다.

"잘 가요, 또 연락할게요."

그가 말하면서 내 이마에 뽀뽀를 했다. 마침 휴가로 막차를 타고 있는 심재원이는 그 광경을 다 보고 있었다.

우리는 막차 안에서 아무 말도 하지 않았지만 재원의 기류는 심상치 않았다. 재원이 나를 집까지 바래다준다고 했으므로 우리는 말없이 걸었다. 집 앞에 다다르자

"이제 그만 가. 나 결혼할 거야, 그런 줄 알아!"

재원이 나를 확 끌어안았다.

"난 누나가 다른 사람에게 가는 일을 지켜볼 수가 없을 것 같아."

그날 이후 재원이의 태도는 동생에서 남자로, 그것도 큐피트의 화살을 맞아 뜨거워져만 갔고, 그 사랑은 우리 두 사람뿐만 아니라 두 집안을 발칵 뒤집어 놓았다. 나와 재원이는 김포 대곳(대능리)청송 심씨 집 성촌 마을에도 골칫거리로 등장했다. 두 집 어르신들 외에 일가 친척분들, 문중 어르신들이 한결같이 고개를 저었다.

이러다가는 대한민국 김포판 로미오와 줄리엣이 될 판인데 안 되면 안 될수록 커지는 게 남녀 간의 사랑인 것은 분명하다.

'동성동본 절대 불가!'

'누나와 동생 절대 불가!'

이 절대 불가가 젊은 남녀를 수없이 헤어지게도 하고 다시금 불꽃이 일어나면서 애절한 사랑의 속절없는 시간이 흘러갔다. 그사이 나는 학교

를 졸업하고 양곡모교의 교사기 되었으며 이화여대 대학원생도 되었다.

재원은 제대하고 대학생이 되면서 우리 둘은 "돼" "안 돼" 속에서 10여

년의 세월이 흘러갔다.

　　더 이상은 이렇게 끌고 갈 수 없다는 생각이 들었다.

　　이 문제를 해결하지 못한다면 앞으로 어떤 일을 할 수 있을까?

1984년 여름

해결을 위해 설악산으로 향했다.

설악산 케이블카를 타고 산꼭대기에 오르니 이 무한한 시간과 공간 속에서 그토록 수많은 사람들 가운데 우리 둘의 문제로 허우적댄다는 게 부질없어 보였다.

맨 앞 바위 꼭대기에 앉아서 다짐의 속엣말을 했다.

"잊을 거야, 당연히 정리해야지!"

이젠 재원이가 죽는다고 해도 헤어질 거야!

산을 내려와서 재원에게 전화했다.

"우리 정말 끝이야! 나 마음 정리 끝냈으니 그리 알아!"

재원이가 어디냐고 물었다.

"설악산!"

꼭 헤어지겠다는 결심을 알리려고 연락한 그 일이 우리를 헤어질 수 없게 했다. 나는 어떤 일이 일어나도 헤어질 것이어서 만나서 이별을 당당히 얘기해도 상관없다고 여겼으므로 내가 있는 장소를 말했다. 그날 우리는 일심동체가 되어 딸을 갖게 되었다. 그날을 또렷이 기억한다.

1984년 8월 15일, 광복절! 그래서 우리의 고명딸 효진이는 8월 15일 아빠로부터 잉태되어 이듬해 1985년 5월 14일 엄마로부터 태어났다.

나는 배가 불러오기 전에 학교를 그만두고 고향을 떠날 채비를 했다. 순위고사를 보고 교사가 되면 어느 곳에서 살든지 애를 기르며 살 수 있다고 자신을 위로했다. 헌데 당장 있을 곳이 문제였다.

서울에서 재원이 공부하라고 부엌 없는 방을 얻어준 곳이 있긴 했다.

그러나 상황으로 보아 그곳으로 갈 수는 없었다. 고향마을에서 소문이 무성해지면서 상황이 나빠졌다.

특히, 시골 문중에서는 양자에 독자를 이어오던 아버지에게 여러 가지 권한을 제한하면서 딸자식 잘못 가르친 일로 나름의 회초리를 가할 분위기가 형성되고 있었다.

"계집애가 분수도 모르고 대학을 가더니, 잘한다, 잘해!"

문중 동네 여론이 여자집안인 우리 집에 쏟아졌다.

농사도 함께 짓지 않을 것이니까 고향을 떠나라는 것이었다. 당시 말씀 좀 하시는 분들이 우리 집에 오셔서 나를 불러 있는 꾸중 없는 비난으로 모든 쓰레기와 험담을 다 토해 내셨다.

그 와중에 이해가 가지 않는 것이 많았다. 진정 집안과 문중을 생각한다면 시간을 두고 조용히 해결해야 할 터인데도 농사를 같이 짓지 않겠다느니, 양곡장에 소문을 내겠다느니… 그 와중에도 "그런 일이 진정 문중을 위하는 일입니까?"라고 말대답을 했다.

재원네는 남자 쪽이다 보니 여자에게 비난이 쏟아져 내가 나쁜 여자가 되면 그나마 다행이었다. 그런데 더 중요한 것은 여자라는 이유보다는 차손이지만 문중 대소사 재정에 우리 아버지의 승인이 많이 필요했다. 나는 나이도 더 먹고 남자의 인물에 매여 헤어 나오지 못하는 정신 없는 여자로 격하되면서 나에게 비난의 화살이 쏟아졌다. 우리 집안에서는 난리가 났다.

"이년아, 어쩌자고 이럴 줄 몰랐느냐! 똑똑해도 헛똑똑이구나, 이년아, 이년아."

엄마의 대성통곡에 내 가슴은 무너져내렸다. 그러나 어쩌겠는가? 이 아이를 낳지 않는다면? 나는 재원이 아니면 평생 결혼은 하지 않을 것이고 그렇다면 이 세상에 자식은 또 없을 것이었다.

마침 그즈음에 내가 대학원 시절 그쪽 요청으로 도움을 드린 적이 있는 파주공고 이사장님과 연결이 되었는데 엄마도 아는 분이었다. 자세히는 잘 모르겠는데, 지푸라기라도 잡고 싶으셨던 어머니가 이사장님께 먼저 연락을 드린 듯했다. 이사장님은 나에게 파주공고 시간강사를 하면서 파주 평화원 일도 봐달라는 요청이 왔다. 나는 파주공고 강사로, 또한 파주 평화원 일을 하는 직원으로 파주로 갔다. 이사장 백으로 온 나에게 학교 쪽 직원들의 시선은 곱지 않았다. 하지만 고향을 떠나 거처할 곳이 있는 것만도 다행이었다. 그즈음 알게 된 일은 엄마와 이사장과 어떤 밀약이었다.

엄마의 부탁은 내가 낳은 아이를 미국으로 먼저 입양 보내고 뒤이어 미국 재혼 상대자를 만나 미국으로 건너가 공부하라는 시나리오였다. 그렇게 되면 자식도 기르고 내 귀에 솔깃할 수 있는 공부라면 내가 말을 들을 것이라는 게 엄마와 이사장과의 암거래였다.

또한 그렇게 되면 남자 쪽 집안인 재원이네는 시끄러움을 재우고 남자는 그냥 툴툴 털고 일어나면 그만이니 두 분의 밀약은 누이 좋고 매부 좋은 최선의 선택이었다. 그러나 나는 생각이 달랐다. 사랑 따위는 이제 사치에 지나지 않았다. 이 새 생명을 어떻게 할 것인가!

내가 박사면 뭐 할 것이며, 재벌이면 이 아이에게 그 의미가 무엇인가? 변할 수 없는 진실! 아이는 친부모 밑에서 자랄 때가 최선이다. 그래서 그곳을 그만두기로 하였다.

마침 그즈음 대상포진을 앓고 이가 흔들려 치과치료를 핑계로 학교와 평화원에 사표를 냈다. 마침 내가 경기도에서 보조를 받기로 한 사업 서류를 만들어 추진하던 터라 평화원 쪽에서는 난리가 났지만 나는 두 눈 딱 감고 그곳을 떠났다. 나는 동호대교를 건너 강남으로 향했다. 약수동 달동네에 방을 얻고 살길을 찾기로 했다. 최대한 김포와는 반대쪽으로 가기로 한 것이다.

사실 그동안 서울에서 교사로 일하려고 순위고사 준비를 했는데 그당시 전두환 대통령 시절로 전국적으로 순위고사가 없어졌다. 그렇게 되어 오지 섬에 지원해서 그곳에서 아이를 키우며 살리라는 계획은 무산되었다.

나는 두 주먹을 쥐었다. 모든 일을 다시 시작해야 한다면 기왕지사 서울에서도 잘 산다는 강남을 타깃으로 도전해보겠다는 일념으로 동호대교를 걸어 걸어 압구정동을 향했다.

다리를 건너서 한참을 걷다가 제일 먼저 눈에 보이는 교회를 찾아갔다. 광림교회였다. 중고등학교, 대학교, 대학원이 미션스쿨이었으니 기도하는 일은 낯설지 않았다. 양곡학교에는 탑에 '빛과 소금이 되자!'라는 글자가 새겨 있다. 나는 그때 그 글귀를 읽으면서

"나 같은 사람이 어떻게 빛이 될 수 있겠습니까? 하나님! 빛은 되지 못하더라도 부패하지 않는 소금 역할은 해보겠습니다!"라고 다짐했다.

나는 교회 안으로 들어가 간절하게 기도했다.

"하나님! 하나님이 계시죠? 계시다면 저에게 십일조를 낼 수 있도록 인도해주세요. 강남에서 거지로 살기는 싫습니다. 당당하게 십일조 낼 수 있도록 도와주세요. 제가 꼭 떼먹지 않고 올바르게 십일조 낼게요. 절 도와주세요. 하나님!"

전두환 대통령 시절

전두환 대통령 시절인 그 당시는 과외가 금지되었으므로 학습지가 유행했다. 내가 순위고사를 봐서 교사가 되기 전에 할 수 있는 일은 학습지를 팔면서 방문지도하는 일이었다. 나는 중학교 3학년부터 입주과외를 한 경력이 있으니 가르치는 일은 적성에도 맞고 내가 가장 잘할 수 있는 일이기도 했다.

나는 강남에서 학습지 방문지도를 시작했다.

나는 아줌마라 가장 변두리 지역을 담당했다. 변두리에도 알찬 새싹들은 자라고 있었다.

방문 때 학생이 질문해오면 알기 쉽게 알려주고 필요하다면 다른 과목도 가르쳤으므로 차츰 입소문을 타기 시작했고 어느 집에서는 나를 지목해서 청하는 집도 생겨났다.

그런 즈음이다. 내가 가르친 학생이 외고에 들어가고, 후에 최연소 외무고시 합격을 했을 때는 그 소문이 퍼져 나갔다.

"심 아무개 선생이 아주 잘 가르친대요."

정식과외가 금지되어 그만큼 불법과외가 성행하던 시기였는데 대입에 논술이 추가되면서 비밀과외는 더욱 성행하고 있었다. 나는 가르치는 일이 팔자에 있을 뿐만 아니라 운이 왔는지 내가 가르친 학생들은 거의 다 원하는 학교에 들어갔다. 차츰 나는 강남 엄마들의 수첩에 은밀히 기록되고 서로 모셔가는 논술강사가 되었다.

내가 은밀히 기록된 데는 일류학교에 대한 열망이 가득한 부자 엄마들의 열성이 한몫을 했다. 어떤 학생이 과학고를 좋은 성적으로 가게 되었다. 그러면 동료 엄마들이 놀라면서 학원도 가지 않았는데 비결이 뭐냐고 물으면 은밀히 그 엄마가 나를 지목하면서 비밀과외를 했다고 속삭여준 게 내가 입소문을 타게 된 이유이다.

나는 처음에 수학선생으로 시작했다. 하지만 곧 본고사 논술이 시작되었고 그 당시는 논술을 가르칠 수 있는 선생들이 별로 없었다. 마침 나는 이대 대학원에서 '연구과 논문'이라는 우리나라 최초의 강의를 들었으므로 가닥을 잡고 논술을 지도하기 시작했는데 가르친 아이들이 거의 모두 원하는 학교에 들어갔다. 그래서 나도 모르는 사이에 서로 모셔가려는 일등 강사가 되어버렸다.

나는 과외비를 얼마 달라고 해본 적이 없고 소개해달라는 부탁을 해볼 사이도 없이 그들끼리 나를 모셔가고 순번이 정해졌다. 당시 만나기도 어려운 부잣집, 재벌집 아이들을 가르치면서 그때부터는 논술은 1, 2년이 예약되었다. 왜냐하면 공부를 잘하는 학생이어야 논술을 보기 때문이었다.

그래서 나는 선택된 학생들을 가르치게 되고 그들이 대부분 합격을 했으므로 합격의 최종 인사를 내가 받게 된 것이다. 합격의 축하 인사 답례는 당시 국장급 공무원 한 달 치 월급을 넘기도 했으며 어떤 때는 보석 반지가 되기도 했다.

일타강사의
세계

몇 년 사이에 나의 삶은 경제적으로 풍족해졌다. 딸 효진이는 복덩이였다. 그 애를 잘 키우기 위해 젖먹던 힘까지 내며 일했더니 돈이 모아졌다. 서울에서 부엌 없는 방에서 시작하여 강남 아파트를 살 수 있었다.

처음 아파트를 살 때는 잔금이 모자라 절절맬 때 선뜻 돈을 마련할 수 있도록 재필 동생의 덕을 보았다. 하지만 그 이후로는 내 인기가 올라가면서 현찰로 금호동, 신당동, 서초동, 도곡동, 대치동, 압구정동 등으로 옮기면서 아파트 평수를 늘리고 강남 주민으로 부유하게 살게 되었다. 내 소문이 은밀하게 퍼져 나가면서 나는 어느 집을 택할까 고를 필요가 없었다.

대치동 엄마들뿐만 아니라 한남동, 평창동의 부잣집 엄마들은 서로 알아서 순번을 정해 나를 모셔갔으니 나는 고르지 않고도 부잣집, 재벌집 아이들만 가르치게 되었다. 돈봉투는 효진 아빠 담당이었고 처음에는 봉투를 열어보고 놀라다가 나중에는 놀라지도 않게 되었다. 매일 나를 모시러 오는 차를 타고 강남을 가고, 집 안에 에스컬레이터가 있는

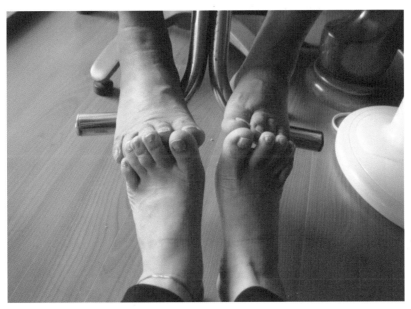

발이 닮았어요! 아버지

아버님 안녕하셨어요. 6월 달이라 모란이 피었네요. 김포
가 한참 신도시 건설하느라고 집에 오는 길도 못 찾겠어
요. 근데 뭐 하세요. 산수 공부 하시나? 동양화 감상하시
나? 너스레를 떨어 봅니다. 아버님 발이 귀엽습니다.

한남동 저택을 가면서 쉴 틈이 없었다.

은밀히 요청해오는 아이들을 가르치기 위해 내가 대치동 청실 아파트(지금의 래미안 대치 팰리스)49평 아파트에 살 때는 내 집에서도 아이들을 가르치게 되었다. 물론 집에서 공부방을 차린 것은 돈뿐만 아니라 부탁해오는 아이들을 찾아가서 가르칠 시간이 없었을 뿐만 아니라 목적 달성을 못한 학생을 위해서이기도 했다.

영문과를 나온 남편, 효진 아빠에게 영어를 가르치도록 해 그를 경리부 직원으로부터 과외선생으로서 부부가 함께 일하며 돈을 번다는 자존심을 지킬 수 있기도 했고 효과는 거둔 셈이 되었다. 49평 청실 아파트 안방에는 침대가 아닌 거대한 원탁이 놓여졌고, 그곳에는 늘 학생들로 북적였다.

학생들 중에는 엄마에게 목 잡혀 자기 집 기사가 운전해주는 본인 차를 타고 온 학생들이 많았다. 그들은 거의 다 재벌집, 국회의원 자제들로 내가 밖에서 돌아오기를 기다리면서 효진 아빠에게 영어를 배우고 때로는 밀린 숙제를 했는데 효진이가 학교에 들어가면서는 그 아이들을 언니, 오빠라 부르면서 함께 지냈다. 효진이는 가끔 그들에게 들은 이야기를 나에게 해주었다.

"엄마, 누구 오빠네는 일하는 아줌마만 다섯 명이래."

"이 엄마도 알고 있답니다."

어느 날은,

"엄마, 오늘 나… 프랑스에서 냉장 상태로 날아 온 케이크 먹었다! 헌데 엄마, 입에 넣자마자 살살 녹는데, 엄청 맛있어, 그런 케이크는 우리나라에서는 살 수 없다는데 진짜야?"

"그럼, 그런 케이크는 아무나 못 먹지요."

그리고 나는 한남동 그 집 돌담을 배경으로 서태지와 아이돌이 사진을 찍고 가끔 영화에도 나온다는 이야기를 해주기도 했다. 우리 집에도 아이들이 넘쳐나 남편 외에 수학을 전담으로 가르치는 선생을 모셔와 가르치게 되었으니 당시 집에 비밀과외 학습소를 차린 셈이었다.

우리 집에 오는 아이들 중에 어떤 특별한 사정으로 일찍 학교를 자퇴한 학생이 있었는데 나에게는 그 아이가 검정고시로 대학에 들어가야 하는 엄중한 임무가 주어졌다. 내가 국어, 효진 아빠가 영어, 함께 일하는 이 선생이 수학을 담당해 그 아이는 하루 12시간 이상 공부하는 양을 소화해냈다. 그 아이는 탈장이 올 정도로 앉아 공부했으니 그의 결심도 놀랍고 몰입도도 놀랍기만 했다.

그렇게 공부해서 그는 그해 4월에 중학교 검정고시, 8월에 고등학교 검정고시, 같은 해 11월에 수능을 보아 연세대학교 법학대학에 최연소로 합격했다. 그러나 그가 어떻게 공부했는지, 우리가 토털 입시공부를 진두지휘한 비밀 학습방법이 알려질까 봐 마음을 졸이기도 했는데 현재 그는 아주 잘 알려진 법조인이다. 나한테서 공부해 출세한 학생은 커지고 나는 작거나 존재 자체가 없어야 하는 그 숨바꼭질은 힘들기도 했다.

그렇게 남의 집 아이들은 잘 가르치는데 내 자식은 자신이 없었다. 중이 제 머리는 깎지 못한다는 이치대로 효진이는 내가 가르친다는 생각은 아예 하지 않고 학원을 보내고 과외를 시켰다.

효진이는 어릴 때 아이큐 테스트에서 상위 0.04%에 속하는 높은 결과가 나와 우리 부부를 설레게 했다. 나는 나의 어린 시절처럼 돈 때문에 공부하지 못하는 일은 없으니 자신의 역량을 최대한 살려주도록 뒷

천국이 없으면   지옥도 없듯
밝음이 없으면   어둠도 없듯
어머니,
눈물 없는 그곳에서 평안하신지요?

바라지를 잘 해주리라 다짐했다. 머리가 좋은 딸은 공부를 잘했고 전 과목 만점을 맞는 일로 아빠로부터 헹가래를 받는 일이 많았다.

그런데 나는 현명한 엄마가 아니었다. 어쩌다 틀려 만점을 받지 못하거나 문제은행 꾸러미를 다 풀지 않았으면

"넌 머리는 좋은데 노력은 하지 않는구나."라면서 딸을 꾸짖으며 학원과 과외로 거의 모든 시간을 채워버리는 엄마였다.

나는 강남의 최고 일등강사 딸이 공부 못한다는 소리를 들으면 부끄러운 일이라는 나름의 허영심이 있었다. 책상에 놓인 커다란 달력에 효진의 과외 선생님에게 그날의 숙제상태와 수업태도를 적어 놓고 가도록 부탁했으므로 밤늦게 집에 와서는 우선 그 달력을 봤다.

그리고 내 마음에 들지 않으면 딸을 혼내주었으므로 효진이는 내가 집에 도착하는 밤 열시가 싫다는 말을 하기도 했다. 지금 되돌아보면 부끄러운데 암튼 나는 공부에만 중점을 두었던 미련한 엄마였다. 어느 날 딸이 발레를 배우고 싶다고 말했다.

"발레는 원래 야리야리한 애들이나 하는 거야, 너는 천생 공부로 먹고 살아야 해!"

딸이 무엇을 하고 싶은지 물어보는 대신 이렇게 단호하게 말했다. 어느 날은 효진이가 피겨 스케이팅을 배우고 싶다고 했는데 그것까지 야멸차게 안 된다고 말할 수가 없어서. '피겨는 작정하고 매달려서 해야 해. 그냥 즐기려면 스피드 스케이트나 타렴." 하면서 스피드 스케이트를 사주었다.

언젠가 효진이가 말했다.

"엄마, 내가 대치동 학원집 외동딸로 자랐어요 하니까, 공부만 억세

164

게 했겠구나, 본 것처럼 말해서 웃었다니까."

그 말에 내가 "넌 우리가 1년에 3일은 무슨 일이 있어도 근사한 여행을 한 건 기억나지 않니?" 했더니

"아구우우... 엄마, 아빠와의 여행은 스키 타고 삼겹살 먹고 차에서 잠들면 되는 편한 여행이었지만, 엄마와는 아구우우...지금 생각해도 골치가 지끈거리네요." 하면서 그 당시 나와의 여행 이야기를 해주었다. 자기의 초등학생 시절의 얘기라고 하는데 듣고 보니 어렴풋이 생각이 났다.

"효진아, 유홍준의 나의 문화유산답사기 여정을 따라 남도를 쭉 돌아볼 테니 이 책부터 읽어 놓으렴"

그래서 효진이는 『나의 문화유산답사기』를 억지로 읽었다고 했다.

그리고 우리는 그 코스대로 여행하면서 누운 여인의 곡선 같은 남도의 산등성이를 바라보며 달리고 한정식을 먹고, 차 안에서는 과자를 까먹으면서도 사자성어로 끝말잇기를 해야 했다.

그렇게 달려 도착한 무량수전에서는 배흘림기둥에 대해 살피면서 한국전통의 곡선미를 느껴야 하고 어디든 가면 현판의 한자를 읽어내야 했고 들어가기 전 입구의 안내문부터 정독해야 들어갈 수 있었다고 했다. 우리는 그렇게 메밀꽃 필 무렵의 이효석 생가를 다녀왔고, 윤선도의 어부사시사에 나오는 보길도 등을 다녔는데 효진이는 그렇게 하는 여행이 당시는 즐겁지 않았다. 하지만 어른이 되어 생각해보니 잊혀지지 않을뿐더러 다시 가 봐도 기억과 추억이 또렷해진다고 했다. 또한 요즘 학생들이 이런 교육프로그램을 돈을 내고 다니는 것을 보면서 엄마는 참 선각자답다는 말을 덧붙여주면서 뒤늦은 감사를 해주었다.

"그리고 엄마가 그때 여행에서 돌아와 사진까지 곁들인 기행문을 써서 선생님께 내라고 해서 냈더니 선생님이 정말 니가 쓴 거니? 하시면서 엄청 놀라셨었어."

"내가 그랬니?"

나도 거기까지는 기억나지 않아 놀라면서도 그건 극성엄마지만 내가 잘했다는 생각을 했다. 나는 20여 년간 강남에서 일타강사로 뛰면서 돈으로 누릴 것은 거의 다 누렸다. 지금은 몇십억 하는 아파트가 그 당시는 비싸지도 않았고 사고 파는 일도 쉬웠으니 강남 아파트 한두 채 사고 파는 일은 일도 아니었다. 이런 일도 있었다.

나름대로 큰 회사였는데 IMF 때 부도가 났다. 그러자 그 집 안주인은 강사료 대신 나에게 패물(다이아반지)을 주었다.

"아니, 사모님, 괜찮아요. 나중에 주셔도 돼요."

내가 극구 사양하자, "나중은 없어요." 하면서 기어이 패물을 주었다. 어떤 엄마는 자녀가 대학에 들어간 선물로 자기가 하고 있던 팔찌를 주기도 했다. 20여 년 일타강사를 하면서 입학선물로 금일봉은 당연하고 내가 살 수 없는 패물을 많이 받았는데 지금 내가 갖고 있는 보석류 중 상당 부분이 그때 받은 것이다.

사랑이 왔다

일타강사로 자리를 잡고 돈도 많이 벌게 되자 그제야 도망치듯이 떠나온 고향이 생각났다. 내가 고향과 반대쪽인 약수동, 금호동 단칸방으로 전전하던 시절, 효진이를 데리고 가장 힘겨운 나날을 보내고 있을 때였다. 친정 어머니가 수소문하여 나를 찾아오셨다.

어머니는 나를 보자마자 자리에 털썩 주저앉으시며,

"이년아, 이년아, 어쩌자고...이년아, 너는 이제 끝이다아… 끝이다. 돈이나 벌어 아쉬움 없이 먹고나 살아라...아이고 하나님. 하나님.'

고향이 떠오르면 어머니의 통곡이 이어지던 그날이 떠올랐다.

고향에서는 내가 돈을 엄청 잘 번다는 소문이 났다고 했다. 어머니에게 보답하고 싶어 슬쩍 고향집을 찾아 꺼내 보지도 않은 재벌집에서 받은 봉투를 드리곤 했다.

나중 안 얘기지만 어머니는 그 돈으로 평소 선물하고 싶으신 분께 선물을 하셨다고 했다. 그것도 금반지를, 그리고 하느님께서도 좋아하실 거라며 행복해하셨다.

어느 만큼 소문이 돌고 형편이 좋아졌다는 소문이 나자 시댁과도 나름의 왕래를 하게 되었다. 시댁에서는 효진이를 봐주겠다는 호의를 보여주었다. 그러나 대가를 원했다. 통장을 맡기라는 것이었다. 나는 서로 기본적인 인간관계가 형성되는 것이 먼저라고 생각하고 그럼 더도 덜도 말고 작은 며느리 해주시는 것만큼 대우를 해주시면 응하겠다고 했다. 동생들의 시선을 의식하고 위계를 위해서였다.

아직도 시댁에서는 남편을 몰아치며

"부모, 형제는 손발 같아서 바꿀 수 없지만 여자는 골골 마을 마을에 다 있다."는 식으로 남편에게 말하면서 여전히 여자는 남자에게 버림받으면 세상 끝난다는 식이었다.

"그래? 그런데 모르는 말씀들 하시네, 마을 마을 골골에 있는 여자들이 다 똑같은 여자일까요? 여자라고 다 똑같은 줄 아시는데요. 이 아파트 달라고 하시니 드릴게요. 다 가지시라고요? 그러나 효진이에 대해서는 어떤 조건도 용납 안 됩니다. 당연히 도움 필요 없습니다. 제가 직접 기릅니다!"

남편은 그때서야 상황을 파악하고

"이 아파트는 효진 엄마가 산 것이니 당연히 내가 가질 이유가 없다. 안 살면 내가 나가면 된다!"라는 식으로 말했고 그런 일의 후유증으로 병원 치료를 여러 차례 받아야만 했다.

그때의 일은 입에 담기도 싫고, 기억하고 싶지도 않다. 효진아빠는 장남이자 양자 아들이기에 양엄마도 모셔야 하고 생부모님도 모시고 싶어 했다. 그러나 나는 마을 구석 구석에 여자들이 많다면서 언제라도 남편과 나 사이에 잡음을 만들고 싶어 하는 시댁과는 왕래의 필요성을 느

끼지 않았다. 아이에게도 별 도움이 되지 않을 듯했다

부부 결혼사진

요즈음은 많이 사라진 풍경이지만 어느 집이나 들어가면 거실에 가족사진이 제일 잘 보이는 중앙에 있고 젊은 부부라면 결혼사진이 걸려 있다. 그러나 우리 집에는 그런 사진이 없다. 그럴 것이 우린 결혼식을 치르지 않았기 때문이다.

나는 효진이가 유치원에 들어가기 전에 이 문제를 해결하고 싶었다. 아이가 친구 집에 놀러 갔다가 와서 왜 우리 집에는 엄마, 아빠 결혼사진이 없느냐고 물어온다면 어떤 대답을 할 수 있을까?

남편과 나는 의논 끝에 장충동에 있는 태극당에서 결혼사진을 찍기로 했다. 촬영용 웨딩드레스와 폐백용 한복까지도 아름다운 것으로 맞추었다. 혼주와 하객은 없는 우리 둘만의 웨딩으로 사진기자가 하라는 대로 모습을 취하면서 사진을 찍고 앨범을 위해 도산 공원에서 야외촬영도 했다.

웨딩마치는 울리지 않고 물론 하객은 아무도 없었지만 우리는 억지로나마 서로를 바라보고 카메라 앵글을 보면서 미소도 지었고 자가 폐백으로 대추와 밤도 나눠 가졌다. 법은 이미 허용된 이후였기에 혼인신고도 아이의 출생신고도 때맞춰 했다. 결혼사진도 갖게 되었지만 내 고향 김포 대능리뿐만 아니라 청송 심씨 문중에서는 여전히 불편한 진실로 우리를 바라보았다.

남자의 입장으로 보면 자기 부모를 챙기는 것이 당연하다고 여겼으므로 남편이 원하면 시댁 식구들을 보면서 살아도 된다고 이해의 폭이

넓어져갔다. 그렇지만 부모를 모시고 싶다는 생각으로 강남에 아파트 두 채를 샀을 때는 화가 났다. 또 그 일로 우리는 세금 폭탄을 맞아 엄청난 세금을 내야만 했다.

남편의 거처

나는 남편 거처에 대해 고민하게 되었다. 영어선생인 남편은 현지 영어 선생들이 많아지다 보니 점차, 수업이 줄고 따라서 수입도 줄고 있었다. 고민을 하다가 한 가지 묘안을 찾게 되었다. 그건 남편을 유학 보내는 일이었다.

"효진아빠? 당신이 유학을 다녀와야 경쟁에 이길 수 있어요. 요즘은 현지 강사를 선호하니까 당신도 유학을 다녀와야 이 시장에서 살아남을 수 있다니까요."

그렇게 해서 남편은 캐나다 벤쿠버 대학으로 유학을 가고 효진이는 방학에 아빠한테 가 현지 영어를 익힐 수 있게 되었다. 나는 남편에게 차를 사주고 돈도 넉넉히 보냈다. 그런데 유학공부를 다 마치지도 않은 어느 날 남편이 갑자기 귀국했는데 그렇게 느닷없이 귀국한 것은 그의 친구가,

"암만해도 여자가 군소리 없이 돈을 다 대주면서 찾지 않는다는 것은 다른 이유가 있을 것이라면서 알아봐야 한다는 말"을 듣고서였다. 그 친구는 아무래도 남자가 생겨서 그럴 수 있는 일이라는 말을 한 것이었다. 그 말을 들은 남편은 당장 공부를 때려치우고 가방만 챙겨 귀국하고 말았다. 한동안 남편이 나와 한 마디 상의도 없이 불쑥 나타난 이유를 알지 못하다가 그 이야기를 듣고 실소를 금치 못했다.

"유학생이 근사한 차를 타고 다니는데 바람이 나면 당신이 나지, 내가? 나한테 그런 재주가 있으면 얼마나 좋을까?"

그리고 웃고 말았지만 한시가 급한 남편은 환전할 여유도 없이 그냥 왔는데 그 일이 효자가 되었다. 그때가 IMF가 일어나던 12월이어서 캐나다 돈을 환전할 수 없었는데 한화가 폭락하고 달러가 천정부지로 뛰는 바람에 나는 몇 년 동안 보낸 돈을 거의 다 회수하는 횡재를 했다.

그 사건으로 내가 깨달은 것은 우리 가족 중에 남편과 딸이 돈복이 많은 사람이라는 점이다. 나는 돈 벌 줄만 알았지 쓰는 데는 젬병인 사람이다. 아니 쓸 시간도 없었지만 시간이 있다 해도 나는 소비하는 데는 익숙하지 못한 사람이다.

나는 효진이가 대학에 들어가면 가르치는 일을 접겠다는 생각을 구체적으로 했다.

얼굴은 웃고,
마음은 울고

마음먹은 대로 효진이가 이대 법학부에 들어가자 서울살이를 접었다. 김포로 돌아와 처음에는 사우동에 아파트를 장만하고 조카들을 가르치는 일을 시작했다.

서울에서 20여 년간 남의 집 아이들을 가르쳐 돈을 많이 벌었으니 고향에서는 집안 아이들을 무상으로 가르쳐야 한다는 의무감, 내지는 고향사랑의 방식이기도 했다. 그러나 동생들과 조카들이 달가워하지 않았고 호응도 낮아 얼마 되지 않아 불협화음이 나기 시작했다.

고향인 김포, 특히 양곡중고등학교가 있어 공부할 수 있었고, 그 알 수 없는 많은 선생님들의 은혜로 여기까지 왔으니 나 또한 이제는 그러한 사람이 되어야 한다는 생각이 들었다. 이제부터는 내가 가진 것을 발휘하면서 고향을 위해 일해야 한다는 생각으로 의욕이 가득 차 있었다.

양곡학교 학생의 탑에 쓰여 있는 '빛과 소금이 되자!'라는 구절을 하루에도 두 번씩 읽었고, 반장으로 교무실을 자주 드나들다 보니 교무실 입구에 있는 '敬天愛人'(경천애인)액자를 보면서 사람을 사랑해야 한다는 생각을 저절로 하게 되었다.

고향을 어떻게 사랑해야 하는지 알지 못하면서 뭔가 해야 한다는 생각에 사로잡혀 고심했다. 고향 김포는 내가 타지에 나가 있는 20여 년간, 아니 대학시절까지 합하면 거의 30여 년이 되는 세월 동안 참으로 많이 변했다.

김포군에서 김포시로 바뀐 지 꽤 되었고 인구는 몇 배가 늘어나 2천년 이후는 20여만이 넘었고 타 도시보다 인구 유입이 제일 많았다. 김포에서 나고 자랐지만 대능리 외에는 이웃동네도 잘 몰랐다.

'왜 그랬을까?'

김포는 접전 지역으로 통행금지가 늦게까지 있었다. 시골 어르신들은 여자는 그릇과 같아서 내놓으면 깨지기 쉽고 정조가 중요하므로 해진 뒤에는 문밖을 나가면 안 되는 분위기에서 자랐던 것이다. 우선 김포의 현재를 아는 게 중요하다는 생각이 들어 시청에서 만드는 '김포마루'시민기자가 되기로 작정했다.

'… 3년을 하면 '뭔가 할 일이 보일 것이라 여기면서 짧지만 튼튼한 다리로 열심히 뛰었고 3년이 되어 그 일을 그만두었다.

그러다 보니 사람을 알기 위해선 모임이나 단체를 가입할 필요성이 느껴졌다. 마침 그때 '김포포럼'이 있어 가입하고 사람, 특히 나의 관심 대상이며, 목표인 김포의 여성사회를 알아가기 위해 동분서주했다.

아버지가 "재금아, 사람은 병들고 늙어서 죽는 것이 아니라 외로워서 죽는 거란다." 하신 말씀을 떠올리면서 살면서 사람과의 친교를 늘 염두에 두고 있었다.

엄마는 나를 가졌을 때 용이 하늘에 올라가는 것을 붙잡아 가마솥에 넣은 꿈을 꾸었으므로 분명히 아들일 거라 여겼다면서 계집애인 것을 알고 섭섭해하셨다고 했다. 그 후 가끔씩 혼자 말씀으로 가마솥에 가둬서 기를 펴지 못하나. 그래도 불을 지피지 않았으니 살아 있다면 언젠가는 하늘로 오를 것이라면서 나를 슬쩍 위로한 적이 있었는데, 언젠가 나 역시 용이 타 죽지 않았다면 한번은 대박을 터트리지 않을까, 하는 공상을 하기도 했었다.

암튼 세상살이에는 무엇보다도 사람과 사람 사이가 중요했다. 그리고 어떤 일에든 사람이 중요한 도구가 되어준다.

사람, 아니 모든 생물이 사는 데 가장 중요한 양식(?)이 되어주는 태양 중에 사람이 가장 아름답게 바라볼 수 있는 시간은 지기 직전의 햇살, 즉 저녁노을이라고 했다. 한낮의 태양은 눈이 부셔 바라보기 힘들다. 그러므로 가장 효과적으로 사람과 소통할 수 있는 시기가 바로 황혼의 시기라는 생각이 들었다. 이때쯤이면 인생의 쓴맛, 단맛도 알아 할 일과 하지 말아야 할 일도 알 수 있어지니 황혼의 나이는 열심을 내어 인생에 보답할 때라는 생각이 가득해졌다.

내 삶에서 노을처럼 아름답게 빛나기 위해 나는 어떤 모습으로 살아야하는 것인가?

그 모습은 사랑, 미소, 진실된 행동, 유머, 배려, 밥 한 그릇, 따뜻한 말 한 마디, 제대로 된 의견 하나, 약속 지키기, 주어진 일 성실히 끝맺기, 사랑한다 말하기, 작은 선물이라도 먼저 줄줄 아는 사람 되기…

그런데 김포마루, 김포포럼에서 일하면서 이해가 되지 않거나 부족한 부분들이 보였다.

고민을 하다가 내 방식으로 도전해보기로 했다.

"그렇다, 내가 모임을 만들어 김포여성단체 협의회에 들어가자! 그래야 온전하게 일해 볼 수 있다!"

'김포여성 발전회' 창단

나는 결심하고 2008년 5월 30일 '김포여성 발전회'는 창단했다.

이 모임은 자기 자신의 발전을 모색하고, 여성의 관점에서 내가 사는 곳, 김포를 이해하고 더불어 행복하게 사는 데 목적을 두었다.

소통방법으로는 월례회를 비롯해 일 년에 상반기, 하반기 두 번 행사를 한다. 또한 기존의 토박이 김포여성들과 신도시 및 김포에 이사 오신 여성들 간에 대화의 장을 열어 여성들에게 취약한 행정에 가까이 다가가는 계기를 만들어준다. 그리고 내가 사는 곳, 김포를 이해하고 미래를 함께 생각해보면서 행복한 김포살이를 꿈꿨다.

그래서 상반기에는 여성이 접근하기 어려웠던 곳을 찾아 현장을 배우고, 하반기 10월에는 평생학습축제 때 부스 운영을 활용하여 그동안 경험한 다양한 의견수렴과 실생활에 필요한 작업을 해나갔다.

이런 만남은 나 자신, 더 나아가 여성이 바로 섬으로써 김포는 물론 대한민국의 여성이 바로서고 한몫을 당당히 할 수 있게 되고 그것이 바로 내가 꿈꾸는 양성평등의 세상이 되는 길이라 여겼다.

먼저 뜻있으신 분을 찾아가 이런 뜻을 전하고 여성발전회 회장이 되어주십사 요청을 드려 허락을 받아 이 단체를 운영하다가 2대에 자연히 내가 승계를 하면서 여성단체 협의회에 들어가면서 감사를 맡게 되었다.

그리고 2013년 계사년에 김포여성단체협의회 회장이 되어 여성주간에 이런 기념사를 했다.

　"여러분들과 함께 할 수 있어 너무 행복합니다. 여러분들이야말로 당당한 결단력, 더불어 살 줄 아시는 지혜를 소유하신 분들입니다. 지혜로운 여성은 자신을 알고 운명을 개척할 줄 아는 여성입니다. 자신을 안다는 것은 곧 내가 남과 다름이 무엇이고 내가 할 일이 무엇이지 깨달아 혼자, 또는 더불어 그것을 극복해가는 과정이기도 하지요, 이 과정을 제대로 알고 능동적으로 변화할 수 있는 여성이 진정한 여성 중에 여성이라고 주장합니다. 남자들을 상대로 도전하는 것이 아닌, 다름을 깨닫고, 이 세상을 변화시킬 수 있는 진정한 모성을 지닌 생명력과 힘을 소유하는 것이라고 힘주어 말씀드립니다. 여러분! 그러기 위해서는 고집보다는 경청을, 아집보다는 포용을, 기득권보다는 조화를 이룰 줄 아는 여성! 이것이 진정한 여자의 힘이고 아름다움이며, 세상을 변화시키는 요소라고 생각합니다. (중략)"

그날 나의 기념식에 참석해주신 의원들, 시의장들, 시장님을 위시해 참석한 모든 분들이 뜨거운 박수를 보내주었다.

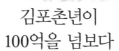

김포촌년이
100억을 넘보다

나는 여성단체협의회 회장을 맡으면서 강의를 하기도 했다.

서울에서 논술강의 준비를 할 때보다 더 열심히, 석사논문을 쓸 때의 열정으로 강의 준비를 했다.

회원들이 강의를 듣는 날, 어떻게 해야 청중의 마음을 잡아 경청해줄 것인가를 고심하다가 이렇게 시작했다.

"공부하시느라 힘드시죠? 제 시간만큼은 자유를 드리겠습니다. 우선 슬픔이 많은 분들은 제 강의를 들으실 필요가 없습니다. 좀 더 구체적으로 말하면 제 질문에 2번이 답이신 분들은 제 강의를 들으실 필요가 없습니다. 1번이 답이신 분들만 함께 생각하며 의미 있는 시간들을 보내보죠. 첫 번째 질문입니다. 여러분은 당신의 삶에 온전한 주인이 되고 싶습니까? 노예가 되고 싶습니까? 두 번째 질문입니다. 삶을 살아가고 싶습니까? 살아지는 대로 살고 싶으십니까?

2번이신 분들은 나가셔서 쉬십시오, 노예가 되고 싶거나 살아지는 대로 산다면 사랑할 자격은 물론 없고 또한 지도자가 될 수 없으므로 이 곳에서 시간 낭비하실 필요가 없지요."

이렇게 서두를 꺼내고는 여성의 자기 정체성은 어떤 의미인가? 를 시작으로 김포땅의 내력, 철학으로 살펴본 물의 김포, 김포시 여성정책 중장기 비전으로 본 김포, 김포가 극복해야 할 과제는 무엇이라고 생각하나? 등등 꽤 심도 깊은 과제를 이야기해 나갔다.

회합이 있을 때마다 단체 간의 협력과 친선을 도모하고 각 여성단체의 발전을 통해 얻어진 의견을 정책으로 개발하여 양성평등을 실현하고 살기 좋은 사회를 만드는 것이라고 주장하면서 목소리를 높였고 모임 때마다 질문을 던지는 등 목소리를 높여 눈총을 받기도 했다.

"김포는 현재 유입인구 증가율 전국 1위입니다. 이 사실은 김포의 특성과 딱 맞아 떨어집니다. 김포는 여러 강물들이 모여 바닷물과 하나가 되는 곳이지요, 만물도 있고 바닷물도 있으므로 생명력을 많이 지니고 있어 조화를 이루는 한반도의 생식기 역할을 하는 곳이기도 합니다. 예로부터 물은 여성의 상징입니다. 김포의 문수산 북쪽 자락은 한남정맥의 귀두로 그 정기를 물에 묻지요. 그 여성성의 바탕 위에 미래를 향한 세력들이 제일 먼저 접근하고자 하는 곳이 또한 김포입니다. 예를 들면 신미양요, 병인양요, 등등 현재는 북한이 그리고 세계 공항을 통한 많은 야심가들이 접근하는 곳이기도 하고요. 이런 사실들을 지정학적 측면과 결부되어 김포여성인 우리들이 어느 곳보다도 더욱 사명감을 갖고 국운 상승에 노력할 것을 암시하고 있다고 봅니다."

이런 이야기와 함께 기회가 있을 때마다 나는 각 단체의 단체장들에게 이렇게 말했다.

"내 단체의 일만해도 벅차다는 말씀보다는 단체와 김포를 위한 열정으로 사명을 다해 주세요."

그러면서 행정 앞에만 서면 작아지는 여성들의 특성을 과감하게 털어내야 한다고 강조했다. 왜냐하면 단체장 중에는 경륜만을 내세워 지난 세월만 얘기하거나 직책에만 집착하고, 너무 관료주의에 익숙해져 고착화 되어가는 경향이 있기 때문이었다.

블로그를 만들면서 닉네임을 김포댁으로 지었다.

김포인으로 태어나 살다가 서울의 여행자로 20여 년, 아니 대학생활을 포함하면 30여 년을 외지에 머무르다 김포에 뼈를 묻고자 되돌아온 김포의 연어를 뜻하는 '김포댁'이 딱 나에게 맞는 닉네임이었다.

당시 도시철도 문제가 인기 영합적으로 일시적 여론과 중론에 따라 수시로 흔들리고 있어 기회가 있을 때마다 중장기적 안목으로 중전철이 되어야 한다고 목소리를 높였지만 경전철로 결정되어 참으로 허탈했다.

여성단체협의회 주최로 남경필 도지사님과 함께

그런 즈음 경기도 여성단체협의회 주최로 남경필 도지사님과 31개 지자체 지부회장들과 면담이 있었다. 면담 순서에는 질의시간이 있는데 지부 회장 중에 질문할 사람을 찾기에 나는 손을 번쩍 들면서,

"여기, 김포촌년, 질문 있습니다."

하고 큰소리로 말하니 모두가 나를 바라보았다.

나는 도지사를 만나면 꼭 물어보고자 마음의 준비를 한 내용을 조

목조목 따지듯이 물었다.

바로 수도권 매립지에 관한 소신이었다.

"매립지가 조성되기까지 서풍 불 때, 남풍 불 때 가장 많이 먼지를 뒤집어 쓰고 산 사람들은 바로 김포촌년들이고 아이들입니다. 그런데 30개 지자체 쓰레기 버리실 생각만 하셨지, 정작 4자 협의체에 한 분으로서 자격이 부여된 도지사님! 김포는 빠져 있습니다. 약자는 빼앗겨도 제 것을 주장할 수 없단 말입니까? 매립지에 관하여 할 말을 해야겠습니다. 그리고 여기서 끝나지 마시고 답변을 듣고 싶으니까 어느 부서에서 답을 주는지도 알려 주십시오."

내가 차근차근 따지듯이 질문을 해나가자 모두 놀라 나와 남 도지사를 바라보았다.

남경필 도지사는 정식 예산은 힘들고 매립지에서 영향권에 주는 예산을 확보하면 특별교부금으로 할 수 있다는 말씀을 하셨다.

그 일을 계기로 매립지에서 일하고 있는 옛날 제자에게 말하여 사업자금 50억을 확보하고 특별교부금 50억도 확보할 수 있었다.

나는 100억 정도의 자금확보가 가능하다는 확신을 갖고 그 예산을 받으려는 준비절차를 위해 동분서주했다.

그런데 그 후가 문제였다.

특별교부금은 애초 사업에 꼭 맞게 그해에 집행해야지 그렇지 못하면 반납해야 하는 것이었다. 만약 그렇게 해서 받았는데 줘도 못 쓰고 반납하게 된다면 김포지자체를 우습게 볼 뿐만 아니라 앞으로는 달라고도 못할 처지가 될 듯했다.

그래서 나는 김포시 각종 위원회에 어거지로 참여하여 필요성을 외쳤다. 다행히도 정하영 시장님의 노력과 매립지 관계자들의 배려로 양촌에 양곡생활문화체육센터 시설이 서게 되었다.

그 후도 예산을 좀 더 따내려 했더니 김포시 지부가 그때까지 법인등기를 내지 않고 그냥 운영하고 있었다. 나는 당연히 되어 있을 것이라 생각했는데 난감했지만 이제라도 내는 게 좋겠다는 생각이 들었다.

헌데 지금 내게 되면 벌금을 물어야 한다면서 물지 않고 하는 방법으로는 탈퇴를 했다가 나중에 다시 가입하라는 것이었다. 나는 말도 되지 않는 소리에 탈퇴는 싫고 내가 벌금을 내겠다고 하고는 다시 따져 물었다.

"내가 보기에 당신들의 잘못도 있다, 우리는 지부다, 지부에 등기 내라는 공문을 몇 번이나 보냈는지 관할 공문발송대장과 그 과정을 밝혀 주십시오.."

나의 강력한 요구에 본부에서는 답변을 잘하지 못했다.

그리고 경기도 본부에서는 나의 재차 요구에 경기도 여성단체협의회 김포지부라는 법인등기를 벌금 물리지 않고 내주었다.

수도권 매립지에 관한 문제는 1980년대 매립지가 만들어지던 시기의 일을 되짚어봐야 하는데 그 당시에 김포의 문제점들이 많아 그것까지는 따지고 들어갈 수가 없었다.

1988년 523억 원에 팔린 수도권 매립지 땅 2071만 제곱미터는 요즘 시세로 얼마나 될까? 동아건설이 1999년 농업기반공사에 빼앗기다시피 넘겼던 남쪽 간척지엔 현재 청라 국제도시가 조성돼 있다. 동아건설은 청라 단지의 토지가치가 30조 원 정도라고 주장했다. 그럼 청라단지의 1, 3배가 넘는 수도권 매립지의 가치는 수십조 원에 달하는 가치가 된다.

자칫하다가는 눈뜨고 코 베이는 일들이 자행되고 있었으니 개인이든

단체이든 지자체이든 눈 똑바로 뜨고 정면승부를 해서 내 몫을 챙길 줄 아는 능력을 가져야한다는 것을 다시 한 번 깨닫게 되었다.

나는 점점 더 투사가 되어 갔으니 내가 나타나면 골치 아픈 사람인 듯 피하려는 지자체 공무원도 생겨났다는 말도 듣게 되었다.

하지만 여성친화도시 김포가 되기 위해서는 여자가 무슨 일에서든지 당당하게 맞서야 한다는 생각이었으므로 의문점이 생기면 묻고 해결하는 일에 두 팔을 걷어붙이다.

여자들이 서식, 행정력, 공권력 앞에만 서면 작아지는 일은 사라져야 한다.

나는 부시장을 면담하려는 일이 잘 성사되지 않아 긴 편지를 써서 보내기도 했는데 부시장님이 그 긴 편지를 다 읽으셨는지 지금도 알 길은 없고, 면면히 내려온 단체들의 변화는 그리 간단한 문제가 아니기 때문이다.

잘해보고자 이리 뛰고 저리 뛴 날 일기 맨 끝줄은 이렇게 썼다.

"오늘 하루 우왕좌왕 재금이 짧은 다리로 고생 많았다. 잘 자라, 안녕!"

김포여성단체협의회 회장

나는 김포여성단체협의회 회장을 두 번 연임하고 임무를 마쳤다.

이임사에 그동안의 나의 마음을 담았는데 내용은 "행복합니다, 감사합니다, 희망합니다"라는 세 항목으로 그동안의 마음을 담았다.

"첫째 저는 도중하차하지 않고 임기를 마칠 수 있어서 행복합니다. 길은 질척거리는데 곳곳에 바위돌은 박혀 있고 거센 바람은 휘몰아치는

데 여성단체협의회란 차는 낡고 낡아 이런저런 이유로 늘 손이 가야 하고 더하여 아예 손을 댈 수 없을 정도로 이미 고장 난 부속들이 여기저기 산재해 있었습니다. 기름도 없고 부속도 없었습니다. 이육사 시인의 '절정'이란 시를 생각하며 김포딸로서 사명을 다하려 노력하였습니다.

두 번째는 기본을 갖출 수 있어서 행복했습니다. 이름표도 없고 밥그릇도 없이 학교 식당에서 점심시간에 무턱대고 대기하는 무기력한 나날에서 이제는 법인등기와 비영리사업자 등록증으로 떳떳한 이름과 밥그릇을 소유할 수 있어서 행복합니다.

세 번째는 열정이 많으신 이인숙 회장님께서 이 모든 조건을 아시면서도 쾌히 승낙하시고 인수인계를 해주셔서 행복합니다. 감사합니다. ....(중략)...김포시 여성은 복지혜택이나 의지해야 할 여성들이지 양성평등이란 위치까지는 멀고 먼 나라의 이야기입니다. 여성 스스로도 아니 회장들까지도 의식의 전환이 절실히 필요합니다. 부탁하지 않았는데도 스스로 후원해주신 김포우리병원 도현순 부원장님께 감시드립니다. 거의 김포시의 순수한 여성역량강화 예산액에 맞먹는 후원으로 생명줄이었던 2, 3년 전의 기억이 납니다. 걸핏하면 너나 나나 할 것 없이 김포우리병원부원장님께 후원비를 요청하는 것을 보고 김포여성단체협의회장 심재금은 후원받아야만 하는 사업들은 다 접었습니다. 희망합니다. 김포시의 역량강화를 위해서 시민의 절반인 여성들을 대표할 수 있는 여성단체협의회의 기능을 업그레이드 시켜 활용하여 주시기를 희망합니다. ..(중략)..장기집권하시거나 의식이 시대변화를 거부하시는 회장님들의 결단을 촉구합니다."

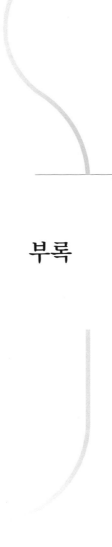

부록

1 | 훈민정음 해례본 연구에 대하여

석사학위 청구논문으로 1983년에 쓰다.

세종이 훈민정음을 창제하여야할 배경을 고찰함으로써 연구자가 의도하는 바에 접근하고자 훈민정음 해례본을 중심으로한 문헌연구에 입장을 취했다.

한글은 우리 글이요, 우리 문화의 그릇이다. 그러기에 한글은 우리 역사상 가장 빛나는 문화적 유산이 된다. 민족의 그릇이며 문화를 꽃피워 문화 민족의 장래를 약속하는 훈민정음이 세종의 주관 아래 창제 되었음은 분명한 사실이고 그 창제 동기내지 목적 여하를 불문하고 세종에게 훈민정음을 우리 민족에게 끼쳐준 데 대하여 경의를 표함과 아울러 그 여가적 의의를 높이 평가하지 아니할 수 없다. 이 연구자가 의도하는 바는 학문적 견지에서 한글 창제의 그 주목적이 무엇이었나를 종전의 견해와는 다른 각도에서 시론하여 봄으로써 훈민정음의 창제 원리

에 관한 앞으로의 폭 넓은 검토에 한 도움이 되려는데 있었다.

그러나 40년이 지난 지금에 와서 돌이켜보니

진정한 의도는 동국정운의 발음을 바로 잡기 위한 28자가 필요한 것이 아니라 쉬운 글로 여자들도 교육시키고자하는 의도였다는 것을 알게 되었다. 그래서 24자만으로도 우리말 적는데는 하자가 없는데 굳이 28자를 만들어 갔는가 하는 것이 나의 의문점이었다. 그러나 그 당시 자기 글을 갖는다는 것은 명나라에 정면 도전하는 행위였다. 더구나 임금이...그 시대적 한계를 벗어나려면 명나라만이 아니라 성리학의 대학자들인 우리 집현전 학자들에게도 명분이 분명 있어야 했다.

그것이 바로 동국정운의 번역이었다. 하지만 진정한 의도는 아녀자들에게도 쉽고 빠른 글자가 필요했다. 그 연구는 그래서 은밀히 가족들에 의해 추진되었고 특히 문종이 주도로 정의공주가 중심이 되어 소헌왕후의 진정를 담고자 했던 것이였음을 알게 되었다. 결국 훈민정음으로 석보상절을 언해하여 소헌왕후의 진심을 담았음을 알 수 있다. 삼강행실도가 쉬운 글이 없었기에 우리나라 최초의 그림이 들어간 책이 되지 않았던가!~ 소헌왕후는 여자도 글을 익혀 궁궐의 법도를 바로 잡고 백성들도 쉬운 글로 서로 소통하는 것이 나라가 해야할 일이라고 생각했던 것이다. 청송심씨 문중은 세종대왕께서 안질로 노후에는 많은 어려움이 있으셨다. 그래서 가장 힘들게 옆에서 아버지를 보필했던 사람이 곧 문종이다. 왜 문종이란 호칭을 모셨는지를 알아야하고 조선 역대 임금 중에서 가장 평가가 덜된 임금임을 살펴볼 필요가 있다. 가족사는 청송심씨, 더욱 구체적으로 안효공에서 연구하실 필요가 있다고 생각한다.

이화여자 대학교 도서관에 소장되어 있으니 직접 찾아 보시면 도움이 되실거라 여기며 이 책의 중점은 심수관가의 족보를 규명하는데 있기에 간단히 줄여 소개합니다.

2

김포신문 인터뷰 기사

"김포의 딸로, 희망과 믿음의 100년에 앞장"

(2018.3.14.)

Q: 김포한강신협이 50주년을 맞은 뜻 깊은 해, 여성 이사장으로 재선에 성공하셨다. 소감 한 말씀 부탁드린다.

A: 정명 1260년을 맞은 김포는 지금, 역사상 가장 큰 변곡점을 찍고

있다. 그간 김포가 농업사회를 기반으로 하는 인류사에 적합한 지형이었다면, 이제는 4차 산업의 핵심적 역할을 할 수 있는 여건을 두루 갖춘 곳이 되었다.

이러한 변화 가운데, 과거의 양곡신협이 농촌의 대출고리문제, 목마른 자금융통의 어려움을 해결하는데 사명을 다했고, 성인교육을 전국 최초로 시도하여 새로운 지평을 열었을 뿐 아니라 여성의 지위향상에도 선도적 역할을 했다고 자부한다.

저와 같은 여성 이사장이 경기도에서 선거를 통해 최초로 탄생될 수 있었던 토양도 양곡신협의 역사 속에서 이루어졌다고 생각한다.

무투표 당선으로 재임하게 된 올해, 김포한강신협의 11명의 임원 중 4명이 여성이다. 전국 신협 임원 중 4명이 여성인 곳은 김포한강신협이 유일하다. 실질적으로 양성평등에 접근, 신협의 정신에 또 한 번 가까이 다가간 것은 아닐까 생각한다.

앞으로도, 한 줌의 더함도 덜함도 없이 투명하게 조명하되, 제대로 준비하고 분석해 나가겠다. 지금까지 성취한 것에 안주하지 않고 희망찬 미래를 향해 더 높게 비상하기 위해 배전의 노력을 기울이겠다.

지난 4년간 한강신협의 대표적 성과와 향후 4년간의 목표와 방향을 말씀해 달라.

지난 4년, 중앙을 통해 검단까지 경제 영토를 넓힌 것과 비영리 부동산의 고정자산비율을 줄인 것, 창립 50주년을 맞아 50년사를 발간한 것이 가장 큰 성과라 생각한다.

앞으로 한강신협은 과거 성과를 바탕으로 중장기 발전계획인 10대 프로젝트를 하나하나 밟아나가고자 한다.

한강신협은 깊은 역사와 경험을 바탕으로 100년의 미래를 꿈꾸고 있다. 100년의 미래를 날아오를 그 꿈은 재무 구조를 안정시켜줄 수익성과 지역에 가져다줄 각종 복지 혜택으로 나타날 공익성이라는 두 날개로 비상하게 될 것이다.

한강신협은 감성 경영으로 조합원의 행복지수를 높인다는 계획을 가지고 있다. 신협 정신을 바탕으로 항상 서민과 함께 해 왔던 그 간의 길은 더욱 그 폭을 넓힐 계획이다. 자동차 시대를 맞아 고충을 겪고 있는 구도심 지역에 주차장을 확보, 상권을 활성화하는 것도 미래의 계획 중 하나이다.

과거 여성과 노인들을 대상으로 실시되었던 사회 교육은 청소년과 일반 성인들을 대상으로 하는 경제 교육으로 이어가게 될 것이다. 새롭게 지어질 복지관은 이러한 교육에서 큰 역할을 하게 될 것으로 전망된다. 조합원과 지역주민이 함께 참여하는 사회적기업을 육성, 지원하여 고용을 창출하는 계획도 가지고 있다.

고령화 사회에 접어들고 있는 점을 고려, 노인 관리를 책임지는 특화된 노인요양시설도 계획하고 있으며, 청년들의 취업난을 해결하기 위한 지원책도 강구하고 있다.

장학 사업은 기금을 확대, 지역인재육성재단으로 키워나갈 복안을 가지고 있으며, 김포한강신협의 자산이 2천억을 넘어설 것으로 예상되는 2026년에는 본점 건물을 16층으로 재건축, 지역의 랜드마크로 변신할 계획을 가지고 있다.

지난해까지 여성단체협의회장을 겸임하셨다. 이임 소감을 여쭙고 싶다.

행복하고, 감사하며, 희망한다고 말하고 싶다.

첫째로 도중하차하지 않고 임기를 마칠 수 있어 행복하다.

길은 질척이고, 곳곳에 바윗돌은 박혀 있었으며, 목표와 방향은 아득했었다.

김포 딸로서 사명을 다하려 노력한 결과, 김포여성단체협의회가 또한 걸음 나아갈 수 있어서 다행이라 생각한다.

둘째로, 기본을 갖출 수 있어 행복하다.

이름표 없이 무기력한 나날에서 떳떳한 이름과 밥그릇을 소유할 수 있어서 행복하다.

십여년이 훨씬 넘어 만들어진 이름과 밥그릇이 눈물나기도 하지만, 이제라도 우리 것을 만들어서 행복한 마음이다.

셋째로, 희망한다.

김포시민의 절반인 여성들을 대표할 수 있는 여성단체협의회의 기능을 업그레이드시켜 활용해 주시기를 희망한다. 여성복지예산과 여성역량강화예산이 균형을 이룰 수 있도록 두 바퀴 여성 행정이 수반되어야 한다고 생각한다. 협의회는 혈액순환과 같은 기능을 한다고 본다. 혈액순환은 행정과 각 단체가 유기적으로 협의해 순환할 때 제 기능을 발휘할 수 있다.

출처 : 김포신문(https://www.igimpo.com)

3 | 지금,
여기 그리고 나

(2023.2.21.)

지금

지금까지 경험하지 못했던 시대를 살고 있다. 소셜 미디어의 막강한 영향력을 접하며 종전과는 비교할 수 없는 힘을 느낀다. SNS의 발달은 시공간을 넘어 우리를 울리고 웃게 한다. 세상을 좌지우지하는 힘이다.

내가 배웠던 지식은 '백성은 천심이요, 천심은 하늘의 뜻이다'라고 했다. 지금도 맞는 말인가? 의문이 간다. 그 백성을 좌지우지하는 힘이 SNS이기 때문이다. 워낙 속도도 빠르고 공간의 벽이 없기에 한 번 걸리면 비판 없이 한방에 훅 간다. 그게 지금의 세상이다.

우리 의식의 현주소는 어디인가?

아직도 교조화된 성리학에 의해 겉모습만 현대인이지 사대주의를 벗어나지 못하고 있다. 알아서 중국을 섬기고 알아서 군주주의에 굴복하며 현실보다는 망해버린 상상의 이념에 빠져 헤어나올 줄 모른다. 오히려 최선의 이상주의자가 되어 깨어있는 자로 자처하는 사람들이 대한민국 국민의 의견을 대표한다. 그리고 대한민국을 좌지우지하려 든다.

국회의원들 의식구조를 보면 구한말 하고 뭐가 다른가. 이완용이 매국노라고? 고종부부는 매국노의 주인?

배우고 힘을 지닌 사람들의 의식은 무섭다.

우선 나부터 생각하되 초지일관이다. 배우고 똑똑한 머리로 더불어 살려는 마음은 기껏해야 끼리끼리일 뿐이다. 아니라면 손해도 보고 남모르는 눈물을 흘리며 정직하게 진실을 볼 줄 알아야 한다.

여기, 김포

서쪽 대곶면이 고향이다. 아니 조상 대대로 살아왔다. 언제? 태종 때부터다. 그 과정을 무언으로 항변하는 곳이 약산이다. 약산에는 조선, 아니 그 이전의 역사가 상징적으로 남아있다. 제대로 연구하면 우리의 역사가 보이고 미래를 건설해야 할 의지가 생겨나게 된다. 하지만 군소리로 들릴 뿐이다.

삶에는 굴곡이 누구나 따른다. 자의든 타의든. 하지만 잔머리 굴리지 않고 정직하게 살아내면 다 되는 것이 아니라는 사실을 뒤늦게 깨닫는다. 배려가 더 큰 기대를 바라고 충족되면 호구가 되고 아니면 적이 된다.

모든 범죄의 대상은 약자다. 약자가 누구인가? 무력시대에는 힘이 없는 자요, 성리학 시대에는 우선 여자요, 문명사회에서는 배우지 못한 사람이요, 자본주의 사회에서는 돈 없는 자다.

나

농업사회에 태어나 디지털 문명시대를 한꺼번에 살아내는 5천년 지기다. 그뿐이랴 온갖 전쟁의 상처를 안고 살고 있다. 뭔 소리냐고?

임진왜란, 병자호란의 상처가 제대로 아물지 않은 상태에서 살고 있지 않은가. 더하여 남북 분단으로 부모님들의 상처가 그대로 나의 몫으로 남았다. 접경지대라 정상적인 활동에 많은 제약을 받고 살아왔고 또 살아내야 한다.

빈 지게만 메고 나무 끝 가지에 앉아 있다. 하지만 이만큼 살게 해주셨으니 감사하다. 내 조국, 고향과 부모 품에서 자랐으니 무슨 말이 더 필요하랴.

자식, 손주가 있으니 삶의 과정을 그때그때 노력하며 살아낸 증거요, 나름대로 대한민국이 인정하는 자격증이 2개나 있으니 또한 그렇다. 감사함에서 끝나지 말아야 한다. 내 힘만으로 온 것 아니기에 언제 갈지는 모르지만 이제는 보답하는 길도 생각해야 한다.

그동안 보지 못했고 깨닫지 못했던 것들이 비로소 보인다. 놓치지 말고 서툰 솜씨일망정 기록으로 남기기 위해 내 주변부터 살펴 공부하자. 그리고 기록으로 남기자. 자연스럽게 떨어질 딱지들은 떨어지라. 끊어낼 수고를 덜어주고 시간을 벌어주는 반사이익도 있다. 잘잘못의 판단은 후세의 몫이고 지금 여기서 내가 해야 할 일은 해야 한다.

출처 : 김포신문(https://www.igimpo.com)

오늘의 승마산,
옛날에는 약산

(2023.3.21.)

대명포구를 향해 대곶검단로를 달리다보면 가로지르는 약산로와 만나는 지점이 있다. 100년 전만 해도 이 지점은 바다였다. 나는 바다 위를 달리고 있는 것이다. 이쯤에서 서북쪽을 바라보면 보이는 산이 있다. 일컬어 승마산 또는 약산(藥山)이라고 한다. 경기도 김포시 대곶면 약암리 산108-2번지이다.

현재 공식 명칭은 승마산으로 불리며 약산은 조선시대 대동여지도 등에 표기된 전래 명칭이다. 승마산에는 조선시대 봉수대가 설치된 곳으로 산 중턱에는 조계종 광은사가 자리 잡고 있다. 동쪽으로 김포(金浦) 주산(主山)에 응하고, 서쪽으로 강화(江華) 송악(松岳)에 응한다. 약산(藥山)이다. 서쪽으로 강화 할미성(大母城)에 응하고, 남쪽으로 김포 백석산(白石山)에 응한다.

세종실록 지리지에는 산은 해발 130m로 옛날에는 좋은 약초가 많이 나는 산이라 하여 '약산'이라 했는데 정상이 말 안장과 같이 생겨 말을 타고 달리는 형국이어서 '승마산'이라 불려지기 시작했다고 한다. 약산(승마산)의 약산 봉수는 수안산(守安山)으로 옮겨진 바가 세종실록지리지와 대동여지도에 언급된다.

이에 앞서 조선의 산맥 체계를 도표와 산줄기의 표현을 족보 기술식으로 유역과 수계를 잘 나타낸 책, 산경표를 중심으로 우선 접근해보고자 한다.

한남정맥은 죽산에 있는 칠장산에서 시작되어 도덕산·국사봉(안성)·상봉·달기봉·무너미고개·함박산(函朴山:349.3m,용인)·학고개·부아산(負兒山:402.7m,용인)·메주고개(覓祖峴)·석성산(石城山:471.5m,용인)·할미성·인성산(仁聖山:122.4m,용인)·형제봉·광교산(光敎山:582m)·백운산(白雲山:560m)·수리산·국사봉(國思峯:538m)·청계산(淸溪山:618m)·응봉(鷹峰:348m)·관악산(冠岳山:629m)·소래산(蘇來山)·성주산(聖住山)·철마산·계양산(桂陽山)·가현봉(歌弦峰)·필봉산(筆峰山)·학운산(鶴雲山)·것고개·김포 문수산(文殊山) 등으로 이어지고 있다.

『산경표』에 기록되어 있는 산 이름은 다음과 같다.

칠장산(七賢山), 백운산(白雲山), 구봉산(九峰山), 대소곡둔현(大小曲頓峴), 석륜산(石倫山), 수유산(水踰山), 부아산(負兒山), 보개산(寶蓋山), 석성산(石城山), 객망현(客望峴), 광교산(光敎山), 사근현(沙斤峴), 오봉

산(五峰山), 수리산(修理山), 오자산(五子山), 소래산(蘇來山), 성현(星峴), 주안산(朱安山), 원적산(元積山), 경명산(鏡明山), 북성산(北城山), 가현산(歌絃山), 약산(藥山), 문수산(文殊山)으로 나열되어 있다.

승마산 또는 약산, 지금은 사방에서 접근할 수 있는 산이지만 옛날에는 동북쪽이 아니면 반드시 배를 타야만 접근할 수 있는 산이었다. 그래서 저녁노을 해지는 모습이 아름답고 강화의 마니산 및 인천이 한눈에 내다보이는 아름다운 산으로 염하강도 볼 수 있는 산이다. 이 산을 뒤로하면 왼쪽에는 수안산, 오른쪽에는 채미산, 남쪽으로는 계양산이 보인다.

약산마을에 향토유적 제15호로 공숙공 좌의정 정괄의 묘가 있다. 다음에는 500여 년 전에 있었던 일들을 시점으로 김포에 청송 심씨가 입향하게 되는 이야기, 의병·순절 이야기를 풀어갈까 한다.

5

여기 김포 역사
한 줄

(23.3.28.)

　지금 승마산 정상에 육각형 모양의 사방을 관망할 수 있는 전망대가
설치되어 있다. 능선의 정상 전망대로 가는 승마산(약산) 입구(GPS)는
승마농원 입구와 같이 약암로 도로에서 시작한다. 마을 앞은 간척사업
으로 바다가 논이 되어 있고 공장이 많이 들어서 있다. 여기에 500여 년
전에 입향하여 북민남심이란 조어를 생성하며 조상 대대로 살아오는 청
송 심씨가 마을을 이루고 있다. 경기도 김포시 대곶면 약암리다.

　김포의 그 어느 곳보다도 인재가 많이 나는 곳으로 이름이 나 있다.
일일이 말하긴 어렵지만 최근에도 박사만 13명이 난 곳이다. 과거 조선
시대에는 웬만한 인맥이 이곳과 연결됐다. 지금도 약산에는 선비들이 모
여 담론하던 대성전(시 지정 향토 유적지)이 있고 그 대성전 좌측에 그
윽한 연못도 있다. 마을 한가운데로 들어서면 신도비가 둘 있는데 그 하
나가 심전 신도비다. 그를 필두로 약산에서 정승이 둘, 경기관찰사, 감
사, 도지사가 많이 배출됐다.

『홍길동전』의 저자 허균이 여기서 모티브를 얻었고, 〈어부사시사〉 윤선도 역시 외손주 심단에게 자기 학문실천을 하도록 교육시켰으며, 윤선도의 손주 윤두서는 심득행을 모델로 유명한 그림을 남겼다. 심광사라고 하시는 분은 아들 다섯을 모두 과거급제시킨 분이시다. 남인의 정약용도 둘째 아들 정학유과 심욱의 딸을 결혼시켜 두 문중이 혼인으로 연결이 계속 이어져 실학을 실천해 갔다.

이곳 명당자리라 여겨지는 곳에 산소가 있다.

정작 그 산소의 임자는 양성 이씨 이긴 묘다. 이긴 묘를 중심으로 약간 좌측 아래로 또한 산소가 보이는데 그 산소의 임자는 동래 정씨 공숙공 정괄의 묘가 있다. 조선 전기 문신인 정괄(鄭佸, 1435~1495)의 묘에서는 15세기 말 사대부 묘역 구성 및 석물을 확인할 수 있으며, 조선 전기 처가입향(妻家入鄕)을 통해 묘가 위치한 예로 당시의 사회적 풍습을 알 수 있는 유적으로 가치가 인정되어 향토유적 15호로 지정됐다.

이긴 묘 자리를 중심으로 좀 떨어진 우측으로 산소들이 보이는데 이 묘들이 바로 심씨네 묘이다. 심씨 묘 중에 하나인 심우인 도사공 묘가 약암2리에 있다. 2022년 7월 9일 심수관이 고유제를 올린 묘다. 정작 이곳에서 오랜 세월 살아온 심 씨의 묘가 중심에 있지 않다. 그 연유를 알아보고자 한다.

지금, 여기 약산에서 고려 말 조선 초기 사회상 모습을 그대로 보여

주는 무덤들을 보면서 그 진실을 펼쳐보고 싶다. 서옥제와 남귀여가혼은 혼인 후의 거주방식에서 결정적인 차이가 있었다. 서옥제가 혼인 후 일정 기간 처가에 머물다 마침내 남편 쪽으로 거주지가 정해지는 부처혼(夫處婚)이었다면, 남귀여가혼은 혼인 초기를 지난 후의 거주지가 남편의 집으로 고정되지 않았다는 점에서 서로 달랐다.

고려시대는 물론이거니와 조선시대에 들어와서도 신랑이 신부집에서 평생 사는 경우, 상당한 시일이 흐른 후에 부인과 함께 돌아가거나 분가해 나가는 경우 등 다양한 거주 형태가 나타난다. 손자가 생긴 후에도 처가에 머무는 경우나 아예 처가가 있는 고장을 자손 대대의 삶의 터전으로 잡는 경우까지 있었다. 약산이 여기에 해당한다.

사회를 형성하고 이어가는 데는 결혼제도가 그 밑바탕이 된다. 그 결혼의 흔적을 찾고 그들이 살아낸 사실들을 살펴보면 그것이 이 지역사회의 역사요, 국가의 역사요, 우리의 삶의 모습일 것이다. 태종은 조선 초기의 불안한 왕권을 강화하기 위해 정적들과 외척들을 무자비하게 제거했다. 자신을 왕으로 올려준 공신들을 숙청하고 처남인 민씨 형제들을 죽였으며, 아들 충녕(세종)의 장인 즉 심온 안효공까지 처형한 인물이다. 바로 이긴의 부인이 영흥 민씨로 태종의 처가 쪽이고 사위 정괄의 부인이 이긴의 둘째 딸이다. 심온 안효공의 큰아들 심준 영중추공의 부인이 민무휼의 딸이고 그 첫째 아들인 심미의 부인은 동래 정씨다.

둘째 아들 심치의 아들 심형이 정괄의 사위로 이 약산에 입향하게 된다. 그보다 먼저 심온이 사사된 태종 18년(1418년), 그 당시 심온의 부인은 아이를 가진 상태에서 관노가 되었고 자식들은 뿔뿔히 흩어져 이모, 고모, 사돈에게 피신하여 목숨을 이어 가는 형편이었다. 그 당시 심준의 부인은 민무휼의 딸로서 세종과는 겹사돈이었다. 즉 외삼촌의 딸이 처남의 댁이 된 것이다. 그 당시 심준의 아들인 심치는 어려서 이모인 이긴의 집을 찾아 의지하며 살아냈던 것으로 보인다. 그러다 결혼하게 되고 심형을 낳고 심형의 큰 어머니인 심미의 부인이 동래 정씨이며 대고모인 민씨의 사위가 정괄이라 정괄의 둘째 딸에게 장가를 들어 처가 입향하게 된 것이다.

또한 임진왜란과 병자호란으로 사재를 털어 의병을 진두지휘하며 남강에서 몸을 던진 심우신과 선조와 분조를 이루어 전국 의병과 긴밀한 관계를 맺던 광해군과 함께 남원까지 건신도위라는 대궐 내 벼슬을 감추고 포로로 끌려간 심찬, 그리고 30년 후 병자호란 때 부부가 순절한 심찬의 동생 심숙, 이뿐이 아니다. 물론 김포에 소재한 심씨 집안에서 순절하신 분들이 심현 부부, 심척 부부, 심우신 삼촌을 뒤따른 심인, 심훈 등이 있다.

근세에 이르러서는 심훈의 계몽사상과 상록수, 많은 분들의 독립투사들, 1983년 대통령 서남아제국 순방 시 공식 수행 중 순국하신 심상우, 이분들 모두 김포 땅의 정기와 애국심이 비상시 나라를 위해 목숨을 초개같이 여기고 맞서 싸우거나, 타국에서도 의연히 정신을 이어간 후손들로서 모두가 김포에서 길러진 DNA가 집안 혈통으로 이어져 온다고 본다.

약산을 떠나 옹정리에도 신도비가 둘 있다.

바로 명종의 장인 심강의 신도비와 영의정 심연원의 신도비가 그것이다. 이 후손들에서 정승이 8명이 배출되고 국모가 두 분이 배출된다. 어찌 한 부분에서만 훌륭함의 가부를 가리겠는가. 이어져 역사가 된다.

우리는 늘 지금, 여기 이야기가 아니라 저곳의 이야기를 한다. 과거 이야기도, 미래 이야기도 저기 이야기도 아닌 지금 여기 이야기, 그리고 남의 이야기가 아닌 나의 이야기가 가장 중요하다. 현실을 외면한 공허한 이념과 피상적 윤리, 도덕적인 말투보다는 내가 발 딛고 있는 이 김포를 바로 알아야겠다. 내가 지금 이곳에 있기까지 5세조는 사사되셨고 6세조는 부관참시되셨고, 7세조는 이시애의 난으로 의리장으로 시신이 없는 무덤이고 8세조는 거열형을 당하셨으며, 11세조는 정유재란으로 진주 남강에서 시신도 못 찾고 광주광역시 상무대에 동상으로 남으셨다.

22세조께서는 일제 강점기 붓장사를 하신다는 핑계로 만주를 드나드시며 무슨 일을 하셨는지 구체적으로 아는 이가 없다. 당시 동양척식회사의 토지조사 사업으로 문중의 위답으로 내려오던 땅들이 제멋대로 몇몇 분의 공동명의로 등기가 이루어졌어도 아들이 엄마를 잃고 처갓집에서 자라도 개의치 않으시고 눈빛만 형형하게 만주를 드나드셨다는 말을 듣고 자랐다. 23세조 할아버지만 일제에, 6.25에 온갖 고생을 하시며

210

사셨다. 지금, 여기서 떳떳해야 조상을 볼 면목이 있다. 그러기 위해서 지금, 여기 나에게 깨어있으라는 메시지를 주시고 계실지 모른다.

대한민국은 아직 온전하지 않다.

모두 김포와 연결된 역사다. 김포문화원에서 할 일이 많다. 공주문화원에서는 우리 조상 뿌리 찾기 편찬위원회를 만들어 지속적인 사업으로 이어가고 있다. 김포에도 훌륭한 가문들이 많다. 일회성 행사도 중요하지만 뿌리를 알고 열매를 맺어갈 때 더 달고 멋진 것을 수확할 수 있지 않을까, 해서 이글을 김포신문에 기고해본다.

출처 : 김포신문(https://www.igimpo.com)

6 북민남심(北閔南沈)

북민남심, 北閔南沈 ①   (2023.8.14.)

北閔南沈'의 진실은. . .

김포에만 존재하다 사라져가는 단어가 있다, 바로 '北閔南沈'이란 단어다. 표면적 뜻은 북쪽에는 영흥 민씨, 남쪽에는 청송 심씨라는 것이다. 말은 인간의 모든 것을 담아내는 그릇이다. 아울러 그 시대의 문화를 반영하여 생겨나고 변하며 사라져 간다.

이 단어가 형성되기까지 태종 이방원의 왕권강화, 허균 홍길동의 모티브, 전쟁 특히 임진왜란과 병자호란의 개인적·지역적·국가적 역사가 어떻게 묻혀 가고 있을까? 또한 고산 윤선도, 정약용의 가정사 등은 어떻게 녹아내리고 있을까? 그럼에도 김포는 깜깜일 수밖에 없는가? 그렇다면 지금의 분단은 무엇을 시사하는가? 이 단어를 연결고리로 해 조선사의 성리학의 장단점, 신분사회가 변천하며 의식의 흐름이 어떻게 형성되어 가는지 김포를 중심으로 몇 차례 나누어 기술해보고자 한다.

'北閩南沈'이란 단어의 생성은 언제부터이며 남북의 기준은 어디인 가? 우선 김포, 통진, 마송이란 지명부터 살펴보자(지명은 문화원의 기록을 참고했다).

金浦

옛 이름, 검포(黔浦)의 '黔'은 단군왕검(檀君王儉)의 '儉'과 같은 의미의 고대어로, 제정일치(祭政一致) 사회에서 신군(神君)이 제사를 지내는 신성한 땅이라는 의미를 지닌다. 현재 김포지역 내에 전해 오는 많은 지석묘들은 김포가 고대로부터 강력한 세력을 형성했던 포구마을이었음을 시사한다.

김포지역은 지리적·전략적 요충지로 삼국시대 각국의 각축장이었으며, 장수왕 63년(475) 고구려가 한강하구 지역을 차지했다. 고구려시대에 검포현, 통진현, 양천현 3개 현이 있었으나 신라 경덕왕 16년(757년) 검포현에서 김포현으로 명명됐다. 이는 경기도라고 이름이 불리기보다 1천년이 앞서며 전국에서는 두 번째로 오래된 지명이다.

通津

통진현은 예전에는 분진현(조선시대 통진도호부의 중심지는 현 월곶면 군하리 일대)이라 불렸는데 그 명칭이 바뀐 것이다. 분진현은 강이 남과 서로 갈라져 흐르는 '갈래나루 고을'이란 뜻이었다. 진은 강의 뜻도 있으니까 통진은 '갈래강 고을' 또는 '큰 강 고을'이란 의미로 해석된다. 읍(邑) 단위 행정구역으로 도사리(道沙里), 마송리(馬松里), 서암리(西岩里), 수참리(水站里), 가현리(佳峴里), 동을산리(冬乙山里), 귀전리(歸田里), 고정리(高亭里), 옹정리(瓮井里) 등 9개의 법정리로 구성되어 있었다.

馬松

마송리(馬松里)는 조선조부터 불린 곳이다. 예전에 하마비(下馬碑)가 있었는데 통진현에 오면 이 마을 소나무 밭에 말을 맸다 해 붙여진 이름이라고 한다. 옹정리(瓮井里)에 심순문, 심연원, 심강의 3대 묘소(향토유적 제8호)가 있는데, 심강은 인순왕후의 아버지다. 영의정 연원의 신도비와 청릉부원군 심강의 신도비가 옹정리에 있고 수찬공 달원의 신도비와 감사공 심전 신도비가 약암2리에 있다.

고려말 민유(閔愉, ?~?)는 신돈의 난을 피해 분진(汾津, 통진)으로 입향하신 분이다. 표충사는 여흥 민씨의 우국충절(憂國忠節)을 상징하는 것으로, 1636년 병자호란 당시 의병으로 참전한 민성(閔垶, 1586~1637)이 강화성이 함락하자 일가족과 함께 자결하여 인조로부터 받은 12인의 정려문이다. 한꺼번에 하사된 조선 유일의 최대 정려라는 역사적 가치가 있어 향토유적으로 지정되었다(김포시 하성면 전류리 산51, 향토유적 제17호).

또한 민기(閔箕, 1501~1568)라는 분은 조선 명종 때의 문인이다. 묘역은 김포시 월곶면 개곡리 산 119-1에 있다. 여흥 민씨의 재실(齋室) 현모재(賢慕齋) 뒷산 동쪽과 남쪽 능선에는 모두 30여기의 민씨 묘가 있고, 서쪽 능선에는 6기의 묘가 있다. 민기의 신도비는 현모재로 들어가는 제방길 옆에 남쪽으로 향하여 세워져 있으며, 신도비에서 100m 정도 떨어진 언덕의 남쪽 면에 민기의 묘가 조성되었다.

청송 심씨가 김포에 입향한 것은 소헌왕후의 조카 즉 한성판관공 심치부터다. 외삼촌이 민무휼로 태종의 왕권강화와 외척세력 척결의 결과였다. 그러나 청송 심씨가 본격적으로 김포에 터를 잡기 시작한 것은 수찬공 달원이 기묘사화로 약암2리에서 유배를 시작하면서다.

그의 부친 사인공 심순문은 연산군 시절 갑자사화에 언관으로서 직책을 다했으나 나이 40에 목숨을 잃어야 했다. 아들 4형제가 충혜공 연원, 수찬공 달원, 효창공 봉원, 만취공 통원인데 모두가 과거에 급제했고 충혜공은 영의정(경기도 유형문화제 146호), 만취공은 좌의정(향토유적16호)으로 형제 정승을 지냈다. 그 후로 청송 심씨 13정승 중 9분이 사인공 후손에서 나왔다.

김포시 학운리에 곡산공, 장기동(참고:심척, 심조) 향현사 및 신천군수공 심효겸, 김포시 풍무동 당곡에 김포군수공관, 지금은 인천이지만 당시는 김포로 부평부사공 심신겸, 오리산리에 감사공 심세정 등등 곳곳에 심씨가 마송 남쪽으로 분파되었다. 물론 영흥 민씨와 겹사돈을 이루며 지금까지 세거를 이어왔다.

김포시의 토박이 심리? 그 답은 어디서 찾아야 하나!

김포가 오천 년 역사에 가장 큰 변화를 겪고 있다. 신도시로 거듭나면서 많은 분들이 오셔셔사시게 되었다. 여러 의견들 중 하나가 토박이론이다. 김포는 유난히 사람과 문명의 이동이 많은 길목에 위치한다. 안팎으로 쪼이는 입장에서 한번 짚어보고 싶은 대목이다. 보통 토박이의 정의는 한 지역에서 3대째, 그 이상 살고 있는 사람을 말한다. 이는 일반적으로 본적(本籍)이 할아버지의 고향을 의미하기 때문이다. 그럼 김포에 이 물음에 답할 수 있는 사람이 과연 몇 %나 될까? 김포 사회에서 자기 목소리를 낼 수 있는 사람들은 과연 진정한 토박이인가? 돈 좀 있고 공부 좀 한 사람들은 어려서부터 인천이나 서울로 나가 공부하고 삶의 터전이 대도시에 있을뿐만 아니라 김포의 경제적 산물을 가져가며 살아가고 있다. 늦은 귀향을 하거나 부모님 고향에서 무언가 개인의 목적을 이루고자 노력하는 사람들이 진정한 토박이에 속하는가? 오히려 김포는 늘 부모님처럼 자신을 우선시 해주고 명예를 위해 희생해주는 지역이 되어야 된다고 생각하며 김포를 우습게 만든 사람들은 없는가? 옛 김포의 모습이 점차 쪼그라들거나 뒤로 밀리는 사연들이 혹시 스스로 잘난 분으로서 김포는 희생되어도 되는 곳으로 알기에 그리된 일은 없는가? 아니 6.25 때 월북하거나 사회주의자들, 그분들은 누구신가? 수난을 피해 집단적으로 타의에 의해 오신 분들은 없는가? 수도권이 개발되면서 잊혀진 고향에서 무슨 권한이라도 취득해보고자 문중 종원들에게 존경을 강요하며 영향력을 행하시는 사례는 없는가?

이 질문들에 대한 답을 하려면 우선적으로 역사적 접근이 필요하다. 그 시대 상황의 사회적 문화적 의식이 어떠했는지를 알아볼 필요가 있다. 이 지역 한 가문의 역사가 곧 조선의 역사이기에 족보를 중심으로 살펴보고자 한다.

신분은 법적 지위나 사회적 통념에 따른 개인의 지위나 자격을 가리키는 사회학적 용어다. 전통사회에서는 경제력을 토대로 국가권력을 독점한 지배층이 법적 제도를 통해 개인을 강제로 규제해 왔다. 신분이 형성되는 요인은 시대와 사회의 여러 가지 조건에 따라 다양하게 나타난다. 신분의 발생설은 재산의 차이가 계급을 발생케 하였다는 사유 재산설, 힘이 있는 씨족이 약소 씨족을 정복한 결과로 생겼다는 정복설, 자본·자연·노동의 분배에 의한 산물이라는 경제 원동력설 등이 있다. 역사적으로 우리의 경우 부족사회의 족장제, 신라의 골품제, 후삼국과 고려 초기의 귀족제, 고려 중기 이후 조선시대의 관료제라는 신분구조가 차례로 존재했다. 조선의 신분제도는 후기에 접어들면서 사회경제적으로 변동을 겪다가 1894년 갑오경장을 통해 공식적으로 폐지되었다. 전통사회에서 지배계급은 자기 신분의 보호를 위한 신분 내혼제와 신분 세습제를 형성하였다. 고려 말기에 뚜렷하게 나타난 관료제는 조선 말기까지 강력히 유지되었으며, 동시에 양반사회를 형성하였다. 양반사회 구조의 특징은 관료를 충원하는 양반과 중인, 그리고 생산에 종사하는 양인과 노비로 구성되어 있다는 점이다. 전자가 전통사회의 소수의 지배 신분을 형성하였고, 후자는 다수의 피지배 신분을 형성하였다. 그러나 조선 후기에 이르러 점차 신분의 역 계층화 현상이 나타났다. 비록 구조적으로 역 계층화 현상이 일어나고 신분제도가 없어지지만, 전통적 신분의식(특히 문중의 남성 중심 또는 장자 의식)은 지금까지도 면면히 이어지고 있다.

조선은 적서의 차별이 준엄한 사회다. 아니 좀 더 신랄하게 비판하면 한 아버지가 주인도 만들고 노비도 만드는 전지전능한 권한(특히 여성을 희생물로)을 구사했다. 서얼은 주로 대부분의 조선 시대 양반의 후손 가운데 첩의 몸에서 나온 소생이라는 자손(서출 후손)을 뜻하며, 그와 동시에 양인이라는 신분에 속하는 첩이 낳은 서자와 천민에 속하는 첩이 낳은 얼자를 모두 아울러 함께 통틀어 이르는 말이다. 또한, 서얼(서출)의 자식은 그 후손도 서얼이기에 아무리 서자와 얼자의 모든 자손들이라 할지언정 서얼의 후손들은 그 비록 각자 각자의 그 서자와 얼자의 정실부인(본처)에게서 태어났어도 그들의 자녀들은 서얼로 불렸다. 서얼의 경우 여말선초에는 아버지의 신분을 따라 형식적으로는 양반의 신분에 속하였으며, 이후에도 법적으로는 양반이었지만 사실상 중인으로 취급하여 사회적으로 심한 차별을 받았으며, 상속에서도 서자의 법정상속분은 적출의 7분의 1, 얼자는 적출의 10분의 1에 불과했다. 조선 시대에는 혈통이나 결혼으로 인한 인척 관계로 출세가 규정되어 서얼은 문과에 응시할 기회가 사실상 막혀 있었다. 다만, 무과는 신분차별이 덜하였기 때문에 서얼의 응시가 용이했는데, 이 경우에도 대부분 이름뿐인 벼슬이 주어졌다. 이것은 조선의 1부1처·처첩제와 유교의 적서에 대한 명분론 및 귀천의식에서 나온 것으로 설명되었는데, 고려 시대나 중국의 당나라·명나라에서는 없던 차별이었다. 서얼은 그 수가 많아져 점차 사회적으로 큰 문제가 되었다. 양반도 아니고 상인도 아니기에 균전이나 세금에서 열외였다. 곧 국가의 재정난이자 국방력의 약화를 초래했다. 더하여 인재난을 겪게 된 것이다. 곧 이 모든 문제는 각종 분열과 국력의 약화를 가져오게 되었다. 서자들은 당대에 멸시와 차별을 받았을 뿐만 아니라 자자손손 서얼이라 하여 괄시를 받아왔다. 이러한 습속은 많은 사람들의 인식에 깊이 뿌리를 박아서 쉽게 지워지지 아니하였다. 몇 사람의 권력욕에서 시작된 예도 있다. 조선초 이 방원과 대척점에 섰던 정도전(서자라함)을 제거 하고자 시작되더니 성종 때에 이르러서는 경국대전에 노골적으로 적시되었다. 사실 황희(어머니 : 용궁 김씨, 노비 출신으로 아버지 황군서의 첩)정승도 서자였으며 그의 서자 아들이 문제를 일으키기도 하였다. 사후 기득권을 지키려는 조선의 양반 계층에 의해 미화, 신격화되었다. 양반집단 기득권 유지를 위해 '황희 신화'를 창조하고 확대했다. 그의 청렴함은 청빈함으로 왜곡, 확대되었고 그 과정에서 그의 부패와 물의는 가려졌다. 유자광(생모 : 나주 최씨, 아버지 유구의 첩)은 서자이기에 이를 악물고 신분 세탁을 위해 분란에 분란을 일으켜 유일무이한 존재가 되었다.

북민남심, 北閔南沈 ③　　　　　　　　　　　　　　(2023.8.29.)

조선시대 왕과 사대부는 끊임없이 대립했고 서자 문제도 그 중 하나였다. 조선 초 태종은 본인의 뜻으로 서얼차대를 본격화했으나 후기로 갈수록 임금은 서자에게 점점 더 많은 것을 허용하고자 하고 사대부들은 자기들 나름대로 세력을 합해 더 강하게 반발했다. 특히 영남 남인들은 노론에 밀려 중앙권력에서 밀리게 되자 지역 특권을 놓치지 않기 위해 더욱 똘똘 뭉치면서 성리학의 시조 이언적(부실 양주 석씨, 김포군 만호 석귀동의 얼녀)의 서자 이전인을 위해 독락당을 짓고 이중적 삶을 살아야만 했다. 엉남학파의 창시자로 알려진 이언적은 성리학의 정립에 선구적인 인물로서 성리학의 방향과 성격을 밝히는 데 중요한 역할을 하였고, 주희의 주리론적 입장을 정통으로 확립하여 이황에게 전해주었다. 그는 조선시대 정부인에게 자식이 없어 조카 이응인을 양자로 삼고, 서자로 잠계 이전인을 두었다. 이언적은 낙향하여 양동마을 무첨당에 안고 옥산마을 자옥산 아래에 독락당(대한민국 보물 제413호)을 짓고 학문 활동에 전념하였는데, 그가 양덕마을의 종가 무첨당으로 가지 않고 이곳으로 은둔한 것은 양자가 아닌 직혈통의 자손 이전인 때문이다. 이언적이 죽기 전에 양동마을 본가는 양자인 이응인에게 물려주고, 독락당은 서자인 이전인에게 물려준 것이다. 오늘날의 독락당을 있게 한 진정한 주인 이전인은 1516년 이언적의 서자로 태어났으니, 그는 이언적의 혈통을 잇는 유일한 자식인 것이다.

서자는 양반인 아버지가 자녀라고 인정하여 정식으로 족보에 이름이 올랐을 때에는 법적으로 양반이었으나, 사회적으로는 중인의 대우를 받았다. 아버지로부터 인정을 받지 못한 서얼은 법적으로 어머니의 신분을 따랐는데, 특히 얼자는 인정 받기가 매우 드물었다(예. 홍길동전의 홍길동). 얼자의 어머니가 면천한 경우에는 얼자나 얼녀는 양인이 되었다(예. 성종비 숙용 심씨).숙용 심씨의 부모인 심말동과 이씨는 양반과 천민 출신의 첩사이에 낳은 자녀로 신분상 얼자에 속했다. 심말동은 심정(소헌왕후의 막내 숙부)의 비첩이 낳은 아들이었으며, 어머니 이씨 또한 그

아버지가 이의룬의 비첩이 낳은 얼자였기 때문에 이씨 또한 얼자였다. 심말동은 종의 신분이었으나 세조의 심복으로서 세조를 도운 공을 인정받아 원종공신에 임명되고 노적에서 삭제되어 신분이 양인으로 상승하였다. 아내 이씨 또한 허통되어 양인이 되었다. 조선 최초의 한글소설이라는 홍길동전을 살펴보려면 김포의 인물이자 약산에 묻힌 조선 중기 인물, 심전 가문 족보를 살필 필요가 있다.

교산 허균의 본부인 안동김씨는 심전의 외손녀다.

홍 판서의 모델은 심전이고 주인공 홍길동은 서손 심우영인 것이다. 허균은 1607년 12월 공주 목사로 부임하면서 처외삼촌 심우영과 친한 양반가의 서얼들과 친해졌는데 친해진 서얼 중 1613년 계축옥사에 관련된 모임(강변칠우)이 이들이었다(칠서의 난). 허균은 기존 사회의 적서 차별과 신분제에 강한 회의와 불만을 가지게 되었는데, 후에 당시 사회에 불만을 갖고 있던 사람들 그리고 서얼과 접촉하여 적서와 반상의 차별을 타파하기 위한 모의(칠서의 난)를 했다는 말이 있다. 실제로 허균은 서얼들과 친했는데 1607년 이후 친해진 서얼 심우영을 편지에서 '내 친구 심군'이라고 부른 적도 있었다.

심전(沈銓, 1520년 ~ 1589년)은 조선 중기의 문신으로 자는 숙평, 본관은 청송이다. 청송 심씨 대종회 족보에 기재된 가족 관계를 살펴보면 증조부는 한성판관공 심치이고, 조부는 금천현감 심형이며, 아버지는 기묘명현의 한사람으로 영조때 이조판서에 추증된 심달원이다. 어머니는 파평 윤씨로 이조참판 윤희인의 딸이다. 심연원과 심통원은 그의 숙부였고, 청릉부원군 심강은 사촌 형제간이며 심의겸, 심충겸, 인순왕후의 5촌 당숙이다. 경기도 관찰사 증 영의정 청계부원군 심우승의 아버지이다. 이한의 딸 전의이씨와 결혼하였다.

부인 : 증 정경부인 전의 이씨 – 이한의 딸
장남 – 심우선
차남 – 심우준: 진사, 심액의 아버지
3남 – 심우승: 경기도관찰사, 증 영의정, 청계부원군
4남 – 심우순
딸 : 청송 심씨
사위 : 정문기 – 동래 정씨
딸 : 청송 심씨
사위 : 도사 김대섭(金大涉) – 안동 김씨, 별제 김진기의 아들
외손녀 : 안동 김씨
외손서 : 허균
딸 : 청송 심씨
사위 : 현감 이암 – 전주 이씨
딸 : 청송 심씨
사위 : 군수 신득중 – 평산 신씨
딸 : 증 정경부인 청송 심씨
사위 : 정기원 – 동래 정씨, 예조참판, 증 좌찬성, 내성군
서자 : 심우삼

서자 : 심우덕

서자 : 심우민

서자 : 심우영 – 칠서의 난과 계축화옥을 일으킴, 허균의 처 외삼촌
으로 잘 알려져 있다.

서녀 : 한진에게 출가

이이는 13세 이후로 29세까지 생원시와 식년문과에 모두 장원으로
급제하였는데, 이로써 그는 과거에 총 9번 장원 급제하였다. 강평공 이명
신(덕수 이씨로 소헌왕후의 작은 숙부인 심종과 태조의 2째 딸 경선공
주의 사위)의 5대손이며, 통덕랑 사헌부감찰을 지내고 사후 증 숭정대
부 의정부좌찬성에 추증된 이원수와 정경부인 신사임당의 셋째 아들이
다. 율곡 이이선생의 경주이씨 부실은 2남 1녀를 두었다. 율곡 이이선생
의 딸 : 율곡 이이의 경주 이씨 부실에게서 난 딸이 김집의 부실이 되었
다. 사위 : 김집(사계 김장생의 아들)

그의 자녀는 모두 서자이다.

장지는 경기도 파주시 법원읍 동문리 자운산 선영에 장사되었다. 증
영의정에 추증되고 시호는 문성공(文成公)의 시호가 내려졌다.

임진왜란 당시 그의 부인 교하 노씨와 하녀 1인이 그의 묘소 주변에
서 시묘살이를 하며 묘소를 지켰다.

도덕과 윤리와 예절이라는 이름으로 가장된 위선과 형식, 겉치레가 팽배한 사회에서 율곡의 이러한 사물의 본질에 입각한 정직한 자세는 통용되기 어려웠다.

북민남심, 北閔南沈 ④ (2023.9.12.)

윤두서는 조선의 화가이다. 자는 효언, 호는 공재·종애, 본관은 해남이다. 그의 생전 주요 거주지는 한성과 전라도 해남이었다. 윤선도의 증손이며, 윤이후의 넷째 아들이다. 출사하지 않고 학문에 전념하며 시서화로 생애를 보냈다. 글씨와 그림에 능하였는데, 특히 인물·동식물 등의 그림에 뛰어났다. 조선 후기 화단의 선구자로 지목받으며, 현재 심사정·겸재 정선과 함께 조선의 '3재'라 불린다. 서화뿐만 아니라 유학, 천문지리, 수학, 병법 등 각 방면에 능통한 실학적인 태도는 가풍으로 이어졌다. 다산 정약용과 사돈 관계가 된다. 이들이 모두 심전 가문과 이어지며 김포와 연관이 있다.

증조부 : 윤선도
할아버지 : 윤인미
아버지 : 윤이석 − 종친부 전부
어머니 : 청송 심씨 − 심광사의 딸, 남인 산림 청안군 심광수의 조카, 이조판서 청송군 심액의 손녀
부인 : 전주 이씨 (실학자 이수광의 증손녀)
장남 : 윤덕희 − 조선의 화가이다.
손자 : 윤용 조선의 화가이다.

차남 : 윤덕렬

손녀 : 윤소온 ↔ 정재원과 결혼

외증손자 : 정약전

외증손자 : 정약종

외증손자 : 정약용

외육촌 : 심득경 - 이조판서 심단의 차남, 윤선도의 사위 심광면의 손자

외조부 : 심광사 - 종친부 전부를 지내고 이조참판에 추증됨, 이조판서 청송군 심액의 차남, 청계부원군 심우승의 손자

외증조부 : 심액 - 이조판서·판의금부사·청송군(靑松君)

심우승은 심전의 아들

다산 정약용(1762~1836)은 18세기 실학사상을 집대성한 대표 실학자이자, 개방과 개혁을 통한 부국강병을 주장한 개혁가다.

그 분의 족보 일부를 심전 족보와 연결시켜 보겠다.

조부 : 정지해

조모 : 풍산 홍씨, 홍길보의 딸

아버지 : 정재원, 자는 기백, 생원, 진주목사 역임

전모 : 의령 남씨, 남하덕의 딸

이복형 : 정약현 : 자는 태현, 이벽의 누이와 혼인, 3남 6녀를 두었으

며 맏딸 정난주는 황사영 백서사건을 일으킨 황사영과 결혼하여 아들 황경한을 둠. 진사

생모 : 해남 윤씨 윤소온 : 윤덕렬의 딸, 윤두서의 손녀, 윤선도의 오대손녀

큰형 : 정약전 : 자는 천전(天全), 물고기 이야기인 자산어보를 썼다.

작은형 : 정약종 : 자는 양중, 신유박해 때 순교자로 장남 정철상도 같이 순교. 후처 유소사, 후처소생 정하상과 정정혜 역시 기해박해로 순교.

본인 : 정약용

부인 : 풍산 홍씨 : 경상우도 병마절도사를 지낸 홍화보의 딸과 혼인하였다. 10번 잉태하여 첫 잉태 때 유산하고 6남 3녀를 낳았지만 4남 2녀가 요절하였는데 요절한 자녀들은 대부분은 천연두로 사망하였다.

장녀 : 정씨, 4일만에 사망

장남 : 정학연 아명은 무장 · 무아, 초명 후상, 자는 치수

손자 : 정대림 : 진사, 단양군수, 자는 사형

증손자 : 정문섭 : 문과 급제, 비서원승, 생부 정대무

고손자 : 정규영

현손자 : 정향진

내손자 : 정해경

고손자 : 정규훈, 정대초의 아들 정헌섭의 양자로 입적

증손자 : 정최섭 : 참봉, 정대무의 양자로 입적

손녀 : 정씨, 청풍 김씨 인물 김형묵에게 출가

차남 : 정학유 : 아명은 문장 · 문아, 초명은 학상, 자는 치구

며느리 : 청송 심씨, 심오의 딸, 예조판서 심각의 증손녀

손자 : 정대무 : 참봉, 삼척부사. 자는 자원

손자며느리 : 청송 심씨, 심동량의 딸, 예조판서 심각의 현손녀

손자 : 정대번, 통리군국사무아문 병무주사

손자 : 정대초

손녀 : 풍천 임씨, 임우상에게 출가

손녀 : 해남 강씨, 강은주에게 출가

삼남 : 천연두로 사망

차녀 : 천연두로 사망, 아명은 효순 · 호동

삼녀 : 정씨, 친구 윤서유의 아들 윤창모와 1812년 혼인

사남 : 천연두로 사망

오남 : 태어난 지 얼마 안 되어 천연두로 사망

육남 : 천연두로 사망

첩 : 남당네, 유배 생활을 함께한 첩으로 한시 《남당사》의 저자로 추정

서녀 : 홍임

누이 : 이승훈에게 출가

서모 : 김씨 : 생모 해남 윤씨 별세 후 정재원의 소실로 들어와 정약용 형제를 양육함.

이복 동생 : 정약횡 : 자는 규황

이복 누이 : 채홍근에게 출가

이복 누이 : 이중식에게 출가

숙부 : 정재운 : 할아버지의 아우인 정지열의 양자로 출계

이상의 사설을 끝내고 수미상관의 답을 드려야겠다.

우리의 의식 가운데에는 계급의식과 성리학의 영향으로 적자생존의
영향력이 크게 자리잡은 듯하다. 군주와 사대부의 대립, 사림들간의 대
립은 성리학의 명분 싸움으로 보이지만 본질은 관직 벼슬 싸움이었고,
신분제도는 경제와 권력을 얻고자 하는 착취의 수단이었다. 한 집안의
적자와 서얼들의 대립, 한 핏줄에서 노예로 재산을 만드는 잔인한 행위
들이었다. 여성의 희생을 바탕으로 오직 양반 남자와 적자들을 위한 착
취 수단이며 극단적 분열의 출발이자 가슴속의 한을 심어주는 원인이
되었다.

지금의 대한민국의 현실을 보자. 명문대학을 나올수록, 똑똑할수록,
돈이 있을수록 기득권을 지키기 위해서는 진실을 말하기가 거짓말 하기
보다 더 어렵고 이제는 돈 없는 자가 서얼의 자리로 대체되고 여성이 무
조건 희생으로 순종하지 않으니 돈 없는 젊은 남성이 최대의 피해자로
결혼과 출산에 막대한 영향력을 주고 있다.

어린 시절 직접 본 사실들도 있다.

외거 노비거나 천민의 처가 반반하다 싶으면 양반집 노인이 데려다
사랑채 심부름꾼이자 첩으로 부리는 것을…그뿐이랴 장판이 벌어지면

상인들에게 시비 걸어 싸움질을 벌였고 적반하장으로 오히려 큰소리는 자신의 몫인 듯 착각하고 있었다. 그래서 마주치기 싫어 산 고개를 일부러 넘어다니는 사람들도 있었다. 분명 한 아버지 자손이지만 적자라 하여 서울로 학교 보내고 서자는 농사나 짓게 했으며 나중에 그 농토는 결국 적자에게 주는 것을, 그 적자들간에도 장자와 그렇지 않은 차자들 사이에 반목질시로 늘 사회는 분열되어 가고 있었다.

그들의 설움이 어찌 한 사람만의 일이며 한 순간의 일이었겠는가? 문중 재산이 지켜지지 않는 이유가 뭔가? 옳은 일보다는 개인적 앙갚음으로, 다수의 행복보다는 우선은 너의 불행이 고소한 것은 아닌가? 김포에서 일제 강점기에 유학을 가거나 6.25때 월북한 자들은 배운자들이었고 양반 출신들이 다수다. 그러다보니 그 당사자들은 기가 살아서 자기들은 무슨 일을 해도 되는 줄 알고 있다.

지금도 기득권자들은 문중 일은 한자로 유교식으로 해야만 권위가 있는 줄 알고 알음알음 사적 욕심으로 일관하고 있다. 이제는 세상이 달라졌다. 그 한과 설움을 안고 노력하여 이 땅을 지킨 자들로 역전되었고 오가는 길목에 위치한 김포는 월남하신 분들이 고생 끝에 많은 땅을 소유하고 계시다. 한때의 설움과 모순을 견뎌내고 그 자손들을 악착같이 가르치셨다. 이긴 자 지금의 기득권자들이 되었다. 진정 누가 토박인가! 김포? 대한민국? 그들의 의식을 형성해온 역사를 바로 파악하여 교육이 이행될 때 대한민국은 바로 선다.

출처 : 김포신문(https://www.igimpo.com)

7 | 곡산공과의 대화

곡산공과의 대화, 橫說竪說 ①　　　　　　　　　　　(2023.9.19.)

"한 가문의 진실이 대한민국을 살리는 불꽃이 되길"

인간이나 나라나 잘 지내기가 참 어렵습니다. 사람끼리도 나라끼리도 그렇습니다. 어미, 아비가 제 새끼를 버려야 하는 세상. 지배자가 되면 일단 나만 아니면 되고, 세상은 너희들이 알아서 살아내야 하는 게 어제 오늘이 아닙니다. 힘센 나라가 힘 약한 나라를 깔아뭉개는 건 어찌 보면 진리가 되었습니다. 자신들의 이익을 위해서는 상대적 제물이 필요하니까요.

이런 일들이 현재 일어나고 있는 일이기만 할까요? 역사가 정립되어 있지 않습니다. 우리나라의 지정학적 여건도 그렇습니다. 아니 김포가 그 선봉에 있습니다. 그래서 김포를 출발점으로 조선 전후기를 나누는 임진왜란과 병자호란 전후 대내외적인 상황을 배경으로, 청송심씨 문중을 중심으로 이야기를 풀어갈까 합니다.

코로나, 우크라이나 사태, 격화되는 미·중 패권 경쟁, 무엇을 말하는 것일까요. 안보는 미국에 의지하고 경제는 중국에 비중이 높은 대한민국, 강대국도 아니고 약소국도 아닌 우리입니다. 나름대로 자존심만 높아 일본 알기를 우습게 알고 있습니다. 더하여 북에는 핵, 남에는 사드, IPEF, 칩4 등등.

중견 국가지만 지정학적으로 4대 강대국, 경제대국들에 둘러싸여 선택을 강요당하는 선택 기로에 서게 된다면 어떻게 해야 할까요? 김포 청송심씨 농부의 7남매 중 맏딸 심재금은 딸과 며느리의 대우를 받으러 온 것이 아니라 심씨 가문을 섬기러 왔고 또 많은 문중 종원들의 돌팔매를 한몸에 맞으러 왔습니다. 25대손 심재금. 역사는 미래의 거울이라는 말을 되새기며 공시적 관점에서 특히 10세조 곡산공(鎐:수) 조상님께 여쭙니다.

역사는 미래를 비추는 거울이라고 말하는구나.

재금이가 21세기를 횡설(橫說)로 물어오니, 내가 약산에서 1522년 중종 임오 11월 24일에 태어나 1580년 경진 8월 25일까지 58세를 살았던 사람으로 영혼이나마 해마다 제사를 받으니 그동안의 조선 역사의 통시적 관점에서 수설(竪說)로 답해도 시대를 이해하고 원활하게 소통할 수 있겠냐? 먼저 묻고 싶다.

"나는 네게 누구냐?" 하시는 질문에 횡설로 답합니다.

역사가 바로 서지 않았고 조상이 제대로 보이지 않는 판국이니 조상님의 얼을 제대로 알 리가 있겠습니까? 조상 등 뒤에서 몰래 열매나 훔쳐먹는 지금의 우리가 되어서는 안 되겠기에 가장 못난 제가 이의를 제기하고자 합니다. 청송심씨 문중 피의 역사, 그 존비속 중앙에 계시는 곡산공 조상님이시기에 이렇게 말씀 올립니다.

문중에 앞서 당연히 나라가 먼저입니다. 문중이 그다음입니다. 대한민국은 단지 애국심만 앞서는 것이 아니라 기초요 근간이 되는 진실이 올바른 역사로 이어지는 토대라는 뜻입니다. 천추에 사무친 양난을 겪고 이어 청일전쟁, 러일전쟁, 일본 강점기를 반복적으로 겪으면서 아직도 답습되는 잘못을 깨닫지 못하고 있습니다.

조상님께서 그렇게 갈망하시는 바람을 청송심씨 문중이 먼저 똘똘 뭉쳐 종원과 종원이 부둥켜 안고 살맛이 넘치는 대한민국을 만들어가는 데 불쏘시개가 되기를 바라고 있습니다.

그럼 지금부터 곡산공인 내가 너에게 수설로 답한다.

알다시피 본관이 청송인 우리 조상들님, 아니 내 직속 혈통, 피의 역사를 압축해보겠다. 4세조 정안공 덕부 조상님께서는 도원수로 진포대

첩을 승리로 이끌어 이성계의 황산대첩을 승리로 이끄는 데 기여했을 뿐만 아니라 우리나라 역사상 최초의 화포를 사용한 전투였는데 어찌하여 그 밑 상원수도 아닌 부원수의 이름에 막혀 왜곡된 역사를 이어가고 있는가.

5세조 안효공 심온 조상님께서는 왕권의 안정을 핑계로 의주에서 한양 의금부로 압송, 다시 수원으로 압송, 자진 사사(1418.12.25 무술옥사)하시고, 6세조 공숙공 심회 조상님께서는 연산군에게 갑자사화로 부관참시 되어 뼛가루가 길에 뿌려지는 참화를 겪었다. 7세조 판관공 심원 조상님은 이시애의 난으로 시체도 못 찾고 옷과 신발을 묻는 의리장으로 처리. 8세조 사인공 심순문 조상님께서는 연산군의 갑자사화로 거열형을 당하셨다(군기시:지금의 시청역 프레스센터 부근).

9세조 수찬공 달원 할아버지는 기묘사화로 귀양가셨다. 아마도 여기까지가 조선역사의 전기에 해당되지 않나 생각한다. 왜냐하면 곧 1592년 임진왜란, 정유재란을 거쳐 정묘호란, 드디어 1636년 12월 14일 병자호란을 겪으니 나라는 나라대로 피폐하고 모든 상황이 달라지는 조선후기를 맞게 되는 듯하다. 내가 바로 그 분기점에 살았으니 그 당시에도 한계를 느끼고 부끄러워했지만 지금도 반복되는 아픔을 느낀다.

하지만 내 셋째 아들, 11세조 선무공신 심우신은 정유재란으로 진주 남강에서 산화되어 광주광역시 상무대에 동상으로 남고. 둘째네 손주들인, 훈은 삼촌인 우신을 따라 광주로, 막내 도사공네 둘째 손자인 심찬

(당길)은 남원에서 일본으로 끌려가고 30년 후, 셋째 심숙은 병자호란으로 강화에서 시체도 못 찾고 며늘아기는 순절하니 나의 통한이 절절하다. 그뿐이냐? 나의 조카 강화부사 심정의 큰아들 심현 부부도 강화에서 순절했고, 7촌 조카 심효겸의 둘째 아들 심척 부부도 순절했느니라. 이들 모두가 김포가 고향이다.

예나 지금이나 정신 못 차리고 명분 싸움 뒤에 숨겨진 권력투쟁으로 나라를 운영한다면 그 당시의 백성은 생각하지 않는 1% 왕족들만을 위한 싸움이었고 강화였던 꼴이 되는 것이다. 지금의 정치권들은 혹시 국민의 표만 의식했지 삶의 모습은 안중에도 없는 건 아닌가 하는 유사한 양상들이 반복됨을 본다. 약 380년이란 역사 속에서 양상만 달랐지 패턴은 같다.

16세기 말 일본을 통일한 토요토미 히데요시는 강해진 국력과 군사력으로 명나라를 쳐들어가는 길목에 위치한 조선에게 "앞잡이 노릇을 하든지, 아니면 길이라도 비켜달라"고 협박했다. 절대 받아들일 수 없는 조선으로서는 길고 긴 7년 동안의 고통이 이어졌고, 그 몫은 백성과 의병이 안았다. 정작 선조는 의주로 도망가서도 오직 저 살 궁리만 했고 온갖 고통은 백성들의 몫이었다.

당시 명나라도 명목이 조선을 도운 것이지 결국은 명나라에 대한 선전포고이기에 자기 나라의 안보를 위해 8년 3개월간 조선에 주둔해 왜군과 대치했던 것이다. 이여송이 평양전투에서 승리한 승세를 몰아 싸웠다

면 일본이 벽제전투에서 이길 수 있는 기회를 허용하지는 않았을 것이
고 전쟁은 빨리 종결될 수 있었다.

그동안 일본과 명군들에 의해 끌려간 포로며 문화적 침탈이 그 얼마
이던가! 결국 명나라도 스스로 후금에 이어 청의 힘을 키우는 계기가 되
었고 명은 약세로 기울게 되지 않았는가. 그러나 선조는 정작 싸울 때는
도망가 있고 나라를 되찾을 때는 영웅들, 이순신이나 혁혁한 공을 세운
의병장이나 신하를 내치고 자신의 공적을 만들기 위해 명을 치켜세우지
않았던가.

곡산공과의 대화, 橫說竪說 ②   (2023.9.22.)
"고위급의 무책임은 엄청난 피해를 낳는다"

이것이 계기가 되어 또다시 명나라와 후금 즉 청나라 가운데 양자택
일을 요구받는 현실을 초래한 시기가 1636년 아니더냐. 당시 조정은 내
부분란으로 기울어 가는 명을 선택함으로써 청나라 공격에 속수무책이
었잖은가. 청나라 공격 앞에서 조선, 황해도 총사령관 김자점은 공격 사
실을 보고도 하지 않았고 1차전에서 패하니까 경기도 양평으로 도주했
다. 더욱 한심한 것은 강화도사령관 김경징은 허세를 부리다 상황 파악
후 포기하고 도망가지 않았던가.

고위급 인사들의 무책임한 행동은 예전이나 지금이나 엄청난 피해를
낳는다. 정묘년 기억을 더듬어 보면 청은 의주에서 서울 녹번동까지 5일
만에 돌파했는데 인조는 자신의 피난처 강화로 못 가고, 준비 안 된 남

한산성에서 46일간 춥고 배고프고 고립된 생활 끝에 얼어 죽고 굶어 죽고 맞아 죽어가며 발뒤꿈치를 도끼에 잘리며 여성들은 최대 50만이 심양으로 끌려갔다고 하지 않던가. 그 근거가 어디 있냐고? 바로 김포의 장만 장군의 사위 이조판서 최명길의 주장 아니더냐!

이때 내 막내아들 도사공의 3째 심숙도 김경징의 통솔 부재로 죽음을 맞이해야 했다. 바로 형 심당길이 일본 포로로 끌려간 30년 후다. 형제의 이 극명한 현실을 어떻게 설명해야 하는가. 그래도 심씨는 기록에라도 남아 있지만 그 당시 끌려가다 죽은 사람도 사람이려니와 되돌아올 수 있었던 안단이란 사람은 죽을 고생을 다하며 38년 만에 압록강까지 왔으나 압록강 근처 의주에서 청나라 사신이 머물러 있었기에 조선관인 의주부윤 조성부에 의해 또다시 죽음의 세계로 내던져져야만 했었다.(조선왕조실록 중에서) 더욱 비참한 것은 여성들이었다.(그건 너, 재금이가 심수관의 고유제를 중심으로 후술하여라).

중견국가로 성장한 한국의 미래를 위한 거울로 또 하나의 과거를 살펴보자.

임진왜란, 병자호란을 겪고 난 후, 또 비슷한 청일전쟁과 러일전쟁을 살펴보자. 물론 우리의 잘못이라기보다 주변국가의 힘이 교체되는 시기에는 떠오르는 강대국과 기존국가의 싸움에서 자기편을 들어달라는 요구에 어쩔 수 없이 휩쓸려 들어갈 수밖에 없는 지정학적 한계가 있지만, 이 격변기에 생존과 번영을 지키기 위한 예민한 대외인식, 전략적 마인

드 그리고 깨어있기 위한 진정한 교육, 더욱 역사 인식이 필요한 것이다.

1882년 맺은 조미통상조약에 상당한 기대를 걸었던 조선, 두 나라 가운데 한 나라가 다른 나라로부터 모욕이나 곤욕을 당하면 서로 돕는다? 그걸 그대로 믿었던 고종은 너무 순진한 지도자였고 1905년 강화도 조약으로 개항을 당하고 위협을 느낀 고종이 취한 테프트밀약 체결 후 미국의 묵인 속에 일본이 조선의 외교권을 박탈하지 않았던가! 우리의 현실을 직시하지 못하고 깨어있어 대응하지 못하면 강대국 패권 다툼 속에서 또다시 병자호란처럼 험난한 역사가 반복될 가능성을 반추해야 한다.

이제 씨족 역사를 살펴보자.

인간은 기후와 길을 찾아 이동한다. 곧 생존과 권력의 움직임인 것이다. 신석기의 온난 습윤한 환경이 지속되다가 이후 기후가 한랭건조해지면서 다양한 기후변화를 겪어 왔다. 16C의 기후는 너희들이 사는 21C 보다는 추웠다. 그 근거는 곡산공인 내가 측근에서 보았고 들었던 문중 일들이다.

첫 족보인 을사보는 막내 삼촌이신 9세조 좌의정 통원께서 순천부사 재직 시 전라도 관찰사이신 호안공 심광언의 뜻을 따라 창간한 단권책이고(서기 1545년 인종 1년 을사) 둘째 족보는 나의 친형님이신 감사공 (약산)銓께서 전주부윤 재임 시 속간한 보책(서기 1562년 명종 17년 임술)이었고, 셋째 족보는 청양군 심의겸(사촌 심강 청릉부원군의 둘째 아들) 5촌 조카가 전라감사 재임 시(1578년 선조 11년) 편찬한 보책이다. 그런데 이 보책들을 전란에 전라도 장성에 숨겼으나 모두 불타버리니 허망하기 이를 데 없구나. 이 족보에서 듣고 본 사실들을 근거로 직계 조상님들의 이동 상황과 그 당시 시대상를 간략히 서술하겠다.

우리 조상은 이미 신라시대에 동경인 서라벌 근교에 자리를 잡고 살아오시지 않았나 추정할 뿐 기록이 없다. 다만 고려말 4대 정안공 덕부 조상님께서 현달하시어 아버지이신 3대 청화부원군 심룡, 2대 합문지후공 심연, 1대 문림낭공 심홍부 조상님을 시조로 모시고 있다.

풍납토성 남서쪽인 현재 서울아산병원 주변에는 고대에 포구(광나루로 삼국시대에는 한강을 건너는 최대의 나루터)가 있었던 것으로 추정(한성백제 박물관 1층 전시장)하고 있다. 임진강에서도 마찬가지로 삼국시대에는 장단나루가 주요한 건널목이었다. 고구려가 남하할 때에도 장단나루를 건너 중랑천을 따라 광나루로 내려왔다. 11세기부터는 임진나루에서 임진강을 건너, 사평나루(정요근:고려, 조선초의 역로망과 역제 연구)에서 한강을 건너는 길이 개발되었다.

그 과정이 우리 조상님들의 이동과 일맥상통하고 있다. 우리 조상님들께서도 삶의 환경이자 권력의 길에서 이동하시는 모습을 엿볼 수 있다. 통일신라 시대에는 경북 서라벌 인근에서 둥지를 트신 것 같고(그 가운데 청송 주왕산), 시대의 흐름을 타고 고려 개성 쪽으로 이동이 되고 있다. 2대 합문지후공 심연께서는 인간사에 염증을 느끼시고 경남 산청에 은거하시게 되고 후에 자손들에 의해 전북 함열로 이장됐다.

3대 청화부원군께서는 안성까지 오시어 아버지 심연을 명당을 찾아 사후 이장하신 것이다. 4대 정안공 심덕부조상님께서는 초취 송씨 처가 쪽인 청주에 거처를 두시고 3남을 두셨는데, 그 첫째가 도총제 인봉(청주), 둘째 판사공 의귀(전라도 보성), 셋째가 지성주사공 계년(전남 장성)으로 입향하신다. 정안공 덕부께서는 계비 인천문씨와 연천에서 마지막 안식처를 잡으신 것으로 사료된다. 인천문씨 사이에 1남 인수부윤 징(전남 나주로 귀양), 2남 안효공 온(수원에서 사사), 3남 청원공 정(파주), 4남 정(중군동지총재)을 두셨다. 5대 안효공 심온조상님이 태종의 외척세력 제거 의지에 의해 강상인옥사로 엮여 형제들과 조카, 자식들이 전국적으로 귀양을 가거나 사사되어 전국적으로 흩어지게 된 것이다.

좀 더 상술하자면 2세조 합문지후 연의 동생, 차남 종2품 봉익대부공 성 조상님을 살펴볼 필요가 있다. 그 후손들인 3세조 정2품 판서공 연, 3세조 정3품 상호군공 경, 4세조 정3품 목사공 천우, 4세조 공조전서공 지백(원종공신 녹권이 국보 제69호). 이 조상들께서는 이태조의 개국 과정에서 이성계의 고향인 함흥에서 터전을 잡기도 하셨고 전쟁통에 터전이나 기록이 실전되는 아픔을 겪은 후, 후손들에 의해 함흥 길목인 철원에 설단을 하였다.

다시 말해 16C의 한반도 육로 중 하나(특히 이성계의 고향가는 길을 중심으로;중랑천을 끼고 양주로, 양주에서 포천(입향 심통원)으로, 포천에서 원산으로, 원산에서 함흥으로)를 엿볼 수 있다. 한성판관공 치는 귀양으로 김포 약산에, 양혜공 석준은 용인, 망세정 선은 남양주에, 참의공 인은 양주에, 이경공 한은 광탄에, 그 아버지이신 공숙공(아들 참의공 인보다 늦게 돌아가심)은 파주에, 그리고 후대 만사상공 영의정 심지원 묘는 파주(광탄면 분수리)에 있다.

곡산공과의 대화, 橫說竪說 ③ (2023.10.10.)

10세조 곡산공 심수(鐩)조상님의 가르침

족보는 왜 만들었냐? 그 많은 수난을 겪어 오면서도 뿌리를 지키려 노력한 모습들 아니냐! 잘 만들었으면 활용도 잘해야지. 다음 내용들은 무엇을 의미하느냐?

"전라북도 남원시 어현동 춘향 테마파크 내에 있는 도예 전시관. 심수관 도예 전시관(沈壽官陶藝展示館)은 일본의 도예 집안인 심수관 가(沈壽官家)에서 12대 심수관부터 15대 심수관이 만든 작품을 기증받아 전시하고 있는 전시관이다. 심수관 가는 1598년(선조 31) 정유재란 때 일본으로 끌려간 심당길(沈當吉)의 후손들로, 15대 420여 년에 걸쳐 남원 도예 기법을 계승·발전시켜 사쓰마야키(薩摩燒)[사쓰마의 도자기]를 세계 최고 수준의 반열에 올려놓았다.

건립 경위

1598년 일본으로 끌려가 사쓰마야키를 만들었던 도공 심당길의 후손 심수관이 1998년 고향 남원을 찾으면서 작품 13점을 남원시에 기증하였다. 이에 남원시는 400년 망향의 아픔을 딛고 세계적인 명품을 만들어 낸 심수관 가의 역사를 조명하고, 역대 심수관 가의 기증 작품을 통해 한일 교류의 진정한 의미를 되새기는 계기를 마련하기 위해 1999년 12월부터 도예 전시관 건립을 구상하기 시작, 12년 만인 2011년 12월 15일 총 사업비 4억1000만 원을 들여 심수관 도예 전시관을 준공하였다. [네이버 지식백과] 심수관 도예 전시관 [沈壽官陶藝展示館] (한국향토문화전자대전) 건립 경위.

그리고 경상북도 청송군 주왕산면 신점리에 있는 심수관가 도자기 전시 시설.

개설

심수관가(沈壽官家)는 정유재란 당시 초대 심당길(沈當吉)이 전라북도 남원에서 일본 사쓰마[현 가고시마]로 끌려간 이후 416년 동안 청송 심씨(靑松沈氏) 성을 그대로 간직하고 있으며, 12대 심수관부터 '심수관'으로 이름을 이어받아 선조들의 전통과 정신을 계승하여 민족혼과 예술적 자긍심을 지켜 오고 있다. 청송심수관도예전시관은 국내에서 남원 심수관도예전시관에 이어 두 번째로 문을 연 전시관이지만, 전시 규모는 남원심수관도예전시관의 두 배 규모이다.

건립 경위

2014년 3월 28일에 개관한 청송심수관도예전시관은 주왕산 관광지 도예촌 조성 사업의 하나로 건립되었다. 2004~2013년까지 총사업비 58억 원을 들여 면적 697㎡[건물 6동] 규모로 추진되었으며, 청송백자전시관과 함께 조성되었다. 청송심수관도예전시관의 개관으로 일본 가고시마 지역에서 찬란하게 꽃 핀 조선 도공의 예술혼과 민족혼을 상징하는 심수관가의 도자기를 만나 볼 수 있게 되었다. [네이버 지식백과] 청송심수관도예전시관[靑松沈壽官陶藝展示館](한국향토문화전자대전)"

앞뒤 시간차를 보아라. 족보를 소유한 너희들이 이 사실의 진위를 파악하지 못했느냐? 그래서 진작 찾아주지 못했단 말이냐? 그래, 당시 끌려간 심찬(아명; 부끄러워 '찬'이란 字는 쓰지 못하고 일종의 별명 같은 아호 '당길'를 사용하였다고 함)은 그런 정신이 있었기에 오늘날에 심수관家를 이루어왔던 것이다. 그 정신은 김포의 정신(호랑이 정신)이자 바로 조상님(표의사의 기치)들의 정신인 것이다.

곡산공 회장들 그동안 무엇을 했더란 말이냐? 어찌 내 김포 후손들의 모습이 여기까지란 말이냐!~ 그리고 지금도 정신 못 차리고 무슨 짓을 하는 거냐? 이 김포, 김포 후손들아!

"내 아들 심우신은 목숨과 재산을 바쳐 조선이라는 나라를, 그리고 손자인 심찬(건신도위)은 광해군을 모시고 적지로 잠입하다 포로로, 심

242

찬의 동생 심숙은 아직도 비명으로 구천을 떠돌고 있는데... 그뿐이냐 둘째네 손자 둘은 삼촌을 쫓아 전라도 광주로 목숨을 내놓고 달려갔건만 지금 너희들 하는 짓이 뭐냐!

호랑이 정신으로 나라를 지키고자 했던 정신은 어디로 가고 고양이 제사로 고유제를 지냈느냐! 대종회 차원이거나, 직속 도사공 차원이거나, 이도 저도 아니면 지자체로 넘겼으면 김포에서 심문의 역사가 바로 문중역사가 되고 김포역사로 승격하는 기회였다. 곡산공을 참배해준 건 고맙지만 내가 당사자는 아니었느니라. 이 답답한 후손들아.

달력 또한 그렇다. 지금 꼭 그렇게 해야만 하는 당위성이 뭐냐? 예술이냐? 탐심이냐? 대종회의 업적이냐? 최종 답은 사람이고 진실이다! 감히 모르고 그런다면 이해하지만 알고도 그러는 것은 어떡해야 하느냐. 심히 노엽다.

물론 열심히 하는 거 안다. 하지만 청송심씨는 다른 문중과는 다르다. 왜? 바로 훈민정흠 창제의 출발선이요, 역사의 척추 같은 역할을 했다. 비록 난리를 겪거나 인간의 판단 미숙으로 잘못을 저지를 수는 있다. 그러나 바로 고치고 정직하게 수정하며 다듬어 가야지 계속해서 잔머리 굴리면 모두를 신뢰하지 못하는 결과를 가져올 수 있어 심히 걱정이 된다. 그래서는 안 된다. 아파도 진실은 진실로 새겨야지 그것이 바로 남다른 청송심씨의 문중과 족보를 만드는 길이요, 종사를 이끌어 가는 길이자 신뢰받는 조상들의 업적이 된다.

몇몇의 업적이나 사업성, 명예를 위해 문중의 진실이 왜곡되어서는 안 된다. 더하여 눈 감는 행위는 더더욱 안 된다. 장손일수록 어느 한쪽에 치우치지 말고 중도의 길을 걸어야 한다. 장손으로 인해 문중 재산이 망치는 경우를 목도하지 않았는가! 오죽하면 내가 여자를 통해, 아니 아니 가장 힘없고 여력 없는 재금이를 통해 "삼촌 심우신은 아는데 그 아버지를 제대로 찾지 못하는 모순"을 일깨워 김포한강신협(역대 전직 청송 심씨 이사장님 : 심명보, 심재창, 심환섭, 그리고 여자 심재금)이란 조직을 통해 밝혀 가게 했겠느냐.

2022년 곡산공 회장이 15대 심수관을 만났을 때, 그동안 진즉 찾아들이지 못한 경위를 말하고 사과를 했어야지. 그래야 곡산공 회장다운 게 아니더냐! 나아가 남원에 도예박물관 설립은 인정한다. 왜냐하면 끌려갈 당시 심찬은 도예공이 아니었다. 그래서 재금이가 한눈에 보는 족보를 만들어 전하지 않았느냐. 청송 도예박물관 설립도 인정한다. 왜, 조상의 본관이 되니까.

그러나 김포는 도예박물관은 필요 없다. 오직 도사공 조상에게는 가장 못나고 버리는 제주잔 2개면 된다. 부모는 도자기가 중요한 것이 아니라 그 세월을 살아낸 너희가 대견스럽고 고마워서 그렇다.

김포의 후손들, 너희들은 심수관에게만 잘못한 것이 아니라 그 당시 포로로 잡혀간 수많은 생명들에게도 사과해야 한다. 아직도 성공한 놈만 사람이냐? 돈이면 다 되는 거냐? 명예인 것이냐? 오직 성공하거나 경제력을 갖춘 자만이 사람 대우를 받는다는 지극히 21C 자본주의 감성에만 젖어있다. 비싼 도자기를 너희들은 돈을 주고 정정당당하게 사야 그동안 타국에서 눈물 흘리며 살아낸 그들을 위로하는 것이다.

청송심씨 문중이 지금이라도 반성하며 진실을 밝혀갈 때, 역사적 가치로 승화하는 것이고 이 나라의 중요한 사료가 되는 것이다. 청송심씨 문중이 옹골차게, 대한민국 역사를 올바르게 세우고자 쓴소리를 한다. 이상으로 나 곡산공이 수설을 마친다.

김포문화원에 호소합니다

심재금이 횡설로 호소합니다. 김포에는 연구해야 할 인물이나 가문, 환경적 요소가 많습니다. 큰 시야로 통찰하여 주시기 바랍니다. 양평문화원이나 부천문화원의 모범적인 사례도 벤치마킹하시어 행사성이나 특정 인물에 치우치지 말고 그 깊이와 역사의 저변을 파헤쳐 김포의 정체성을 가꾸어 주시기 바랍니다.

예를 들면 임진왜란, 병자호란 양란에 연구가 넘치도록 잘 되어있는 중봉 조헌 선생님도 훌륭하시지만 이에 못지않은 장만장군이나 그의 사위 최명길도 있습니다. 더하여 아직도 당시 의병들을 훈련시키던 장소가 지금의 광주광역시 상무대로 이어지고 자신, 심우신은 동상으로 남아있습니다. 김포 사제도 털어 의병을 일으키신 분입니다. 그뿐만이 아닙니다. 그의 조카들(심인, 심훈) 삼촌을 쫓아 광주로, 심찬(당길)은 일본으로 끌려가고 병자호란 때에는 3분(심현, 심숙, 심척) 부부가 순절했으나 정작 김포에서는 연구가 감감입니다. 이분들의 충성과 절개가 혼으로 김포 땅을 떠돌고 있습니다.

그뿐이 아닙니다. 관동별곡 홍장고사의 주인공 박신은 김포로 귀양 오셨지만 갑곶 나루터의 고단함을 보시고 사재를 털어 돌나루터를 쌓으신 분입니다. 선돌의 제사도 제사지만(일종의 전설로 여러 곳에서 행하여 짐) 실제 정도전은 김포에서 서당을 운영한 적이 있고, 나랏돈으로 간척사업(고양리)을 해놓고 나중에는 사유화한 하륜도 있습니다.

그리고 나라가 어려울 때 고난을 함께했던 정절의 여성들이 가문마다 존재합니다. 이들을 역사로 이끌어내야 합니다. 더하여 진정한 김포 역사는 지질환경과 고지형, 특히 해수면의 영향을 분석해야 합니다. 그래야 포구 위치를 정확하게 파악하고 제방 역사를 알아야 김포가 보입니다. 48번국도 이전 진정한 김포의 제1도로는 어떠했는지 그리고 그 도로를 따라 문화와 권력이 어떻게 변천했는지 알 수 있습니다.

김포시에 제안합니다

김포조각공원을 김포 충열 조각공원으로 조성해 가시길 바랍니다. 역대 한강과 강화, 갖은 외침에 대항했던 이곳에 조국을 위해 싸우신 분들을 한 자리에서 시대별로 추모할 수 있도록 하심은 어떠하실런지요.

출처 : 김포신문(https://www.igimpo.com)

8 | 경인 아라뱃길

(2016.4.3)

고촌물류단지 인계인수 국가가 나서라

김포를 사랑하는 김포여성으로서 국정의 신뢰와 책임이 얼마나 중한
지를 알기에 경인항 김포고촌물류단지의 공공시설 인계인수 과정을 지
켜보면서 답답함을 금할 수 없습니다.

경인아라뱃길 사업은 대형 국책사업으로써 적게는 수천억, 많게는
수조 원의 세금으로 이루어져 발전적이고 합리적인 국가 운영을 하고자
이루어진 사업입니다. 그러기에 철저한 계획을 세워야 했고 사업의 성패
를 면밀하게 살펴 공과를 따져보는 것이 기본 중에 기본이었다.

더하여 과정과 절차 또한 중요한 요소입니다. 그 때 그 때마다 문제가
발생하면 검토하고 검토해서 백년대계로 일을 해야 한다고 생각합니다.

실권을 가지고 사업을 추진한 사람, 사업을 진행한 실질적인 주체가

끝까지 나서는 것이 당연한 일입니다.

인기 영합적으로 국책사업을 추진한 정치인, 무사안일한 공무원, 기계적으로 형식적인 사업타당성을 평가하는 전문기관 등이 소신없이 맞물려 했다면 국민은 누구를 믿고 살며 세금이 아까워집니다. 사업을 주도한 고위 공직자나 정치가들이 절차상 문제가 없다는 식으로 모두 빠져나가면 결국 김포시 공무원이나 수자원공사 직원들에 의해 인계인수되는 상황이 오고 맙니다.

이 사람들이 모여서 할 일이 뭐가 있겠습니까? "우리의 소관이 아닙니다" 또는 "저희는 모르는 일입니다"로 일관되다가 시간에 쫓기고 민원에 쫓겨 어쩔 수 없이 선출직이 아닌 부시장 입장에서 떠맡고 다른 임지로 가버리면 그다음은 김포시 재정문제로 남는 거지요.

지금 인계인수의 쟁점이 되고 있는 고촌물류단지의 공공시설물 유지관리비 김포시가 다 떠맡아야 하는 건가요.

제목 없음-1 사본.jpg굴포천이 예전에는 그냥 흘러가는 지방천이었지만 이제는 아라뱃길로 인해 부천 쪽에서 흘러오는 오·폐수를 김포 쪽에서 퍼올려야만 흐를 수 있는 상황이 되었습니다.

이 문제도 아무 말없이 몽땅 김포가 떠맡는 것이 당연한 힘의 논리인가요. 해사부두로 인해 김포시민들이 그 당시 48번국도 직접 진입은 안된다고 반대를 했습니다. 모래 먼지 때문이죠.

그래서 해사부두가 계획에서 제외되었으면 그 상황에 맞는 계획을 재성립했어야 되지, 김포시민이 반대했다고 몰아붙이는 임기응변이 국책사업의 끝판왕의 모습인가요.

신뢰와 책임지는 국정을 보고 싶습니다. 옛날부터 신뢰를 잃은 국가는 존립의 위기가 옵니다. 책임지는 문화를 보고 싶습니다. 그래야만 자신이 맡은 일을 끝까지 철저히 할 수 있고 국가 경쟁력이 살아난다고 생각합니다.

출처 : 경기일보(www.kyeonggi.com)

김포에 태어나서
심수관의 뿌리 찾기

초판 1쇄 인쇄 2024년 9월 20일

지 은 이 심재금
펴 낸 이 이종복
기　　획 심효진
편　　집 윤구영
마 케 팅 이동엽
디 자 인 블루
펴 낸 곳 (주)하양인

주　　소 (04165) 서울특별시 마포구 월드컵북로 22길25
전　　화 02-6013-5383 **팩스** 02-718-5844
이 메 일 hayangin@naver.com
출판신고 2013년 4월 8일 (제300-2013-40호)

I S B N 979-11-87077-38-1 (03800)
가　　격 23,000원